異世界でチート能力《スキル》を手にした俺は、現実世界をも無双する 宝城佳織伝

～常識知らずなお嬢様は陰で世界を救っていた～

琴平 稜
原案・監修：美紅

JN178855

ファンタジア文庫

3476

口絵・本文イラスト　桑島黎音

異世界でチート能力《スキル》を手にした俺は、現実世界をも無双する 宝城佳織伝
～常識知らずなお嬢様は陰で世界を救っていた～
I got a cheat ability in a different world, and became extraordinary even in the real world. Houjou Kaori-den
Ryo Kotohira original:Miku illustration:Rein Kuwashima

魔法少女　ノア

「暇です……暇です……ううう、暇です～……」

王星《おうせい》学園からの帰り道。

一人の少女が、悩ましげなため息を吐《つ》いた。

腰まで伸びた艶やかな髪に、澄んだ瞳。

誰もが見入ってしまうほどに可憐《かれん》な容姿と、美しく凛《りん》と伸びた背筋。

大和撫子《やまとなでしこ》という言葉がぴったりと当てはまるその少女の名は、宝城佳織《ほうじょうかおり》。

容姿端麗、成績優秀。さらに世界でも有数の超エリート校、王星学園の理事長の娘にして、生徒会役員である。

良家の令嬢として相応《ふさわ》しい気品と優しさを備え、その完璧さから一部の生徒にはプリンセスとも呼ばれ憧れられている、まさに才色兼備を地で行くお嬢様だ。

しかし、彼女が放つ輝くようなオーラとは裏腹に、その表情は悩ましげに曇っていた。

「ふぅ……なんだかやる気が起きません。優夜《ゆうや》さんはお忙しいのか、ここのところあまりお会いできていないですし……」

佳織には天上《てんじょう》優夜という想《おも》い人がいるのだが、その存在があまりにも規格外で、彼の周囲では絶えず破天荒な事件が巻き起こる。

そんな突飛な日常に慣れてしまっていた佳織は、優夜がいない平淡な日々に、やや物足りなさを感じるようになってしまったのだ。

「うう、暇です……何か刺激的なことが起きたりしないでしょうか。例えば不思議な妖精さんが現れたり、私も優夜さんのようにとんでもない能力を手に入れて世界を救ったり——……って、何を考えているんでしょうか、私ったら」

現実離れした妄想をしている自分が恥ずかしくなって、ふるふると首を振る。

「優夜さんのせいで、最近なんだか夢みたいな妄想ばかりしてしまいます。それよりも早く帰って、今日やった英語の授業の復習をしなければ——きゃっ！」

何かにつまずき、慌てて踏みとどまる。

「あ、危ないところでした。一体何につまずいたのでしょう？」

佳織は、もし木の枝などなら、安全のために端に寄せなければと思いながら振り返り——その目に映ったのは、自販機の下から突き出ている少女の下半身であった。

「ひ、人が死んでます――――――!?」

思わず絶叫した佳織の耳に、微《かす》かな声が届く。

「うう……苦じいのです……」

そのか細い声は、自販機の下に挟まれた少女から発せられていた。

「あっ、い、生きてました！　大丈夫ですか!?　いま助けますね！」

ぐったりしている足を摑《つか》んで、力の限り引っ張る。

「えーいっ！」

「いだだだだだだ!?　痛いのです～！」

「あわわわ、すみません……！　何かつっかえているみたいで、全然動かなくて……！」

「たぶん、最近胸が大きくなったせいなのです～！」

「お、お胸が……」

佳織は思わず、自分の控えめな胸を見下ろした。

「オワ～！　蟻《あり》がたかってきたのです、早く出してくださいなのです～！」

「あっ、すみません！」

我に返って押したり引いたりしてみるが、びくともしない。

「うーん、うーん、ダメです、抜けません！　一体どうしてこんなことに……⁉」

「わあああん、こんなところで干涸《ひから》びるなんて絶対にイヤなのです！　大金持ちになって、おいしいごはんをめいっぱい食べてふかふかのベッドで眠るまで、死にたくねぇのです！　あと、札束風呂《ぶろ》で札束扇子を片手に高笑いしたい、意地悪な先輩たちをメイドさんとして雇ってはちゃめちゃにこき使いたい、嫌味な上司をピラニアと一緒に水槽で飼ってワインを片手に眺めたいという野望を叶《かな》えるまで、死ぬわけにはいかねぇのです～～！」

「と、とんでもない野望をお持ちなんですね⁉　あわわ、暴れないでください～！」

少女の足がじたばたと暴れる。

その弾みに、佳織のポケットから小さな物体が零《こぼ》れ落ちた。

チャリン、と硬質な音が響いた、刹那。


「こ、この金属音は……まさか、お金の音なのです――――ッ⁉」

それまでビクともしなかった少女が、凄《すさ》まじい勢いで自販機の下から飛び出してきた。

「きゃっ⁉」

「今、チャリーンって音がしたのですっ⁉　どこどこどこ……あったのです、これだァ――――――！」

少女はその物体を拾うと、高々と掲げ――

「す、すみません、それはヘアピンです。体育の授業で髪を結ぶ時のために、いつも持ち歩いていて……」

「ほあ……」

手の中のヘアピンを見て、少女はがっくりと肩を落とした。

「なぁんだ、ぬか喜びなのです……って、あれ？　抜けてる？」

「はい、無事に抜けましたよ。良かったですね」

呆《ほう》けたように大きな目を瞬《しばたた》かせる少女に、佳織は優しく微笑《ほほえ》む。

少女はみるみる涙ぐむなり、佳織に抱き付いた。

「わあああああん、ありがとうございます！　一人じゃにっちもさっちもいかなくて、もうダメだと思ったのです！　お姉さんが助けてくれなかったら、あのまま野犬にはらわたを喰《く》い千切られ、カラスに死肉を啄《ついば》まれ、猫に骨までしゃぶり尽くされるところだったのです～！」

「あ、あまりお力になれたかは分かりませんが……とにかく、ご無事で良かったです。とりあえずこちらへどうぞ」

佳織は泣きじゃくる少女を木陰のベンチに座らせた。

涙と泥でべちょべちょになった顔を、ハンカチで優しく拭う。

「大変でしたね。どこか痛くありませんか？」

「うう、なんてお優しい……！　大丈夫なのです、このご恩は一生忘れないのです！」

べそべそと感涙しているその少女は、ひどく日本人離れした容姿をしていた。

ツインテールにまとめた淡い金髪に、青い瞳。

小さな顔は、幼さを残しながらも人形のように整っている。

服はシンプルなワンピースで、よく見るとくたびれてはいたが、少女の可憐な相貌によってみすぼらしさが相殺《そうさい》されていた。

「(外国の方でしょうか？　でも、日本語がとてもお上手です)」

佳織は胸中で呟《つぶや》きつつ、少女に尋ねる。

「それにしても、どうしてあんな所に？」

「小銭を探していたのです！」

「こ、小銭ですか？」

「はい。どうしてもお金が必要な事情がありまして……。あの下にキラッと光る物を見つけて、喜び勇んで潜り込んだのですが、これを使っても全然届かなかったのです……！」

悔しげに力説する少女の手には、ステッキが握られていた。

そのステッキは宝石めいた装飾がちりばめられており、見た目の豪華さはもちろん、数々の名品を見慣れた佳織にも一目で分かるほどに神秘的なオーラを放っている。

「まあ、綺麗《きれい》なステッキですね！　自動販売機の下をがりがり引《ひ》っ掻《か》いたせいなのか、少し汚れてしまっていますが……」

「うう、このステッキがもう少し長ければ届いたのに……！　悔しいのです……！」

「ええと……たとえお金が落ちていたとしても、拾った物をご自分のものにするのはダメなんですよ」

「ええっ、そうなのですか⁉」

少女はひどくショックを受けている様子であった。

「それにしても、そうまでしてお金が必要だなんて、一体どんなご事情が……？」

「……それは——」

少女がステッキを握りしめつつ切り出した、その時。

「あっ、見つけたぞ！」

「ぴえええええ⁉」

怒気を孕《はら》んだ声に振り向くと、エプロン姿のいかつい男が少女を睨《にら》み付けていた。

相当怒っているのか、見事なスキンヘッドに血管が浮き出ている。

少女は光の速度で土下座をすると、ぷるぷると震えながら数枚の硬貨を差し出した。

「すみませんすみません、今はこれしか持ってなくて……！」

「だから、こんなお金は使えないよ！　もういい、警察に突き出してやる！」

「ぴゃあああ⁉　それだけは許してくださいなのです〜！」

子ウサギのように震える少女を放っておけず、佳織は慌てて声を掛けた。

「ま、待ってください、一体何があったのですか？」

「無銭飲食だ！　この子が、うちのクレープを食べまくった挙げ句、お金を持っていないって言うんだよ」

見ると、少し離れた広場にクレープ屋があった。

王星学園の生徒にも人気のクレープ屋で、シューズやテニスラケットなどを持った部活帰りらしき学生たちが並んでいる。

男はそのクレープ屋の店主らしい。

怒り心頭の店主を前に、少女はうなだれた。

「うう、実は数日間、もやししか食べていなくて……」

「ええっ⁉」

「あっ、でも大丈夫なのです、この辺にはいろんな雑草も生えてるし、水も飲めるのです！　この街は素晴らしいですね、公園の蛇口をひねれば、きれいな水が飲み放題なのです！」

「そ、そんな過酷な生活を……⁉」

少女は頷《うなず》きつつ肩を落とす。

「今日もこの辺りでいい感じの雑草を探していたのですが、あの『くれえぷ』という食べ物があまりにもおいしそうで……この世界のお金を持っていないことも忘れて、ついたくさん食べてしまったのです……」

涙目になる少女の手には、見たことのない硬貨が載っていた。

「た、確かに見慣れない硬貨ですね。やはり日本の方ではないのでしょうか……？」

怯《おび》える少女を、店主が容赦なく引っ立てる。

「まったく、どこの国から来た子か知らないが困るんだよ。さあ、警察に行くぞ」

「ぴゃあああ⁉　許してくださいなのです、これ以上問題を起こしたことが先輩に知られたら、今度こそクビが飛ぶのです～！　物理的な意味で！」

「物理的な意味で⁉」

仰天する佳織《かおり》だが、店主は聞く耳を持たない。

「そんな嘘《うそ》は通用しないよ！　ほら、来るんだ！」

「ぴぎゃあああああ！」

佳織は慌てて声を上げた。

「ちょ、ちょっと待ってください！　あの、ええと、何か、何かないでしょうか——」

佳織は店主の不機嫌そうな視線を浴びながら、慌てて鞄《かばん》を探り——

「あっ、こんなものがありました！」

佳織は取り出した物を、店主の手にどんと載せた。

「え？　こ、これは——」

「はい、札束です！　これで足りますかっ？」

「「札束だァ——————⁉」」

突然現れた分厚い札束に、少女とクレープ屋の店主が目を剝《む》く。

「オアアアアアアアアア⁉　サササ札束《サツタバ》⁉　これマジの札束なのですよね⁉　初めて見たのです！」

「いやいやいやいや！　こんなにいらないよ、一万円あれば十分お釣りが出るから！」

「あ、そ、そうですか？　すみません、慌ててしまって、つい……」

「『つい』⁉　『つい』でこんな大金が出るのです⁉」

「と、とにかくほら、お釣りだよ！　まいどあり！」

すっかり面食らった店主は、お釣りを渡すとそそくさと立ち去った。

「ふう、何とかなりましたね」

ほっと胸をなで下ろす佳織に、少女が声を上げた。

「あ、ありがとうございました！　えっと……」

「あ、申し遅れました。私は宝城《ほうじょう》佳織といいます」

「佳織さん！　私はノアというのです！」

「ノアさんですね。それにしても、どういうご事情でこんなことに――」

佳織の言葉半ばに、少女――ノアが勢いよく身を乗り出す。

「そんなことよりも、佳織さん！」

「は、はいっ⁉」

「佳織さんはいつもあんな札束を持ち歩いているのですか⁉」

「いえ、そういうわけではないのですが……もしかしたら、メイドさんがお弁当箱と間違えて入れてしまったのかもしれませんね。ちょうど同じくらいの大きさなので……」

「札束とお弁当箱を間違えることなんてあるのです⁉　っていうか、メイドさん⁉　佳織さんって、もしかして超お金持ちのお嬢様なのです⁉」

「うーん、どうなんでしょうか……そんなこともないと思うのですが……」

首を傾《かし》げる佳織に、ノアが両手を揉《も》みながらすり寄る。

「あ、あのぅ、つかぬことをうかがうのですが……佳織さんは、どんなおうちに住んでいらっしゃるのですか？」

「え？」

「お部屋の数とか、お庭の広さとか……」

「そうですね、正確に数えたことはないのですが……お部屋は、たしか九六部屋ほどあったでしょうか？」

「九六部屋⁉」

「あっ、もちろんメイドさんたちのお部屋も含めてですよ。お庭もそんなに広くはなくて、噴水や小さな森があるくらいです。よくお父様のお客様がいらして、乗馬を楽しまれていますよ」

「庭の森で乗馬⁉　お、お父様はどんなお仕事を……⁉」

「今は学園の理事長として、人材の育成に力を入れています。昔は色々と幅広く手がけていたのですが、今は信頼できる方々に経営をお任せしているようですね」

「うおおおおお～～複数の会社を経営したのち、自分は一線を退《ひ》いて未来ある若者の育成に心血を注ぐとか、完全に一大財閥ムーブなのですが⁉　こいつぁ正真正銘の大富豪なのです！　佳織さん、いえ佳織様！」

ノアが目を輝かせたかと思うと、光の速さで佳織の前に膝をついた。

「の、ノアさん⁉　何を……」

「お願いです、ノアを養ってくださいなのです！　そのためなら何でもするのです、靴だって舐《な》めるのです、ほらぺろぺろぺろぺろ！」

「きゃあああ⁉　や、やめてください～⁉」

「うおおおお後生ですからヒモにしてくださいなのです～！　ノアの全身全霊をもって一生尽くすとお約束するのです、佳織様にになら喜んで尻に敷かれるのです～！　ほーら、ぺろぺろぺろぺろ～～～～！」

「ノアさん、落ち着いてください～！　他の方々が見ています～！」

靴を舐めようとするノアをなんとか止める。

「ハッ、すみません！　本物の大富豪を前にして、つい興奮してしまったのです！　っていうか、さっきクレープ代を出してもらったのは緊急事態だったのでギリギリセーフかもしれないのですが、ヒモ作戦はさすがに規則に引っ掛かってしまうのです、チッ。……待てよ？　ヒモがダメなら、ペットになるという手も……？　いや、それも規則的にアウトなのです……⁉　うう、何もかもがうまくいかないのです、ただでさえやることが山積みなのに～～～！　うわぁぁぁ～～～ん！」

佳織は号泣するノアの背を優しくさすった。

「何か深刻なご事情があるようですが……もし何かお困りでしたら、聞かせてくださいませんか？　少しでもお力になれるかもしれません」

「ううっ、どこまでお優しい方なのですか、佳織さん……！」

「いえいえ。詳しくうかがいますので、どうぞお掛けになってください」

佳織はノアをベンチへと促しつつ、優夜《ゆうや》に想《おも》いを馳《は》せた。

「(優夜さんはいつも人助けをされていますが、こんな気持ちなのでしょうか？)」

少しほっこりしながら、自分もベンチに腰を下ろし――

すると、むにゅりという弾力と共に、佳織のおしりの下から声がした。

「うふふ、魅惑の感触マル～」

「きゃあ⁉」

弾《はじ》かれたように立ち上がる。

佳織が座った場所には、イカによく似た生物がぺちゃんこになっていた。

「きゃあああああ!?　すみませんすみません!?　下敷きにしてしまいました……!」

慌てて謝る佳織だが、当の謎生物はうっとりとレビューを続ける。

「うふふふ、極上の柔らかさと弾力マル～。もう少し肉付きがいい方がボク好みマルが、とんでもないポテンシャルを感じるマル。期待を込めて八五点マル！　……って、あれ？」

「あ、あの……？」

イカは唖然《あぜん》とする佳織に向かって、でれでれと鼻の下を伸ばした。

「んもう、なんで立ち上がっちゃったマルか～？　もっと座っててよかったマルよ～。さあ、気にせずどうぞどうぞ、もっと魅惑の感触を堪能《たんのう》させてほしいマル～」

「コラ――――！　何をしてるのですか、この変態イカ――――！（ベチ――ン！）」

「ぶえええええ!?」

触手をくねくねさせる謎のイカを、ノアが容赦なくひっぱたいた。

「すみません佳織さん、スミマルはちょっぴり変態さんで……！」

「あ、い、いえ、こちらこそ気付かず……！　というか、このイカさん、しゃべってます……!?」

「そうマル！」

イカは勢いよくジャンプすると、佳織の前でふよふよと浮遊した。

「う、浮きました……!?」

「ボクの名前はスミマル！　そんじょそこらのイカと一緒にしてもらっちゃ困るマル！　ほら、こんなことだってできるマルよ～！」

スミマルと名乗ったイカは、華麗に宙返りを決めてみせる。

「す、すごいです！」

「うふふふ、今なら触り放題マルよ～いろんなところをなで回してくれていいマルよ、このエンペラの部分とかオススメマルよ～ほらほら～遠慮せずに～……ぶえ」

佳織にすり寄ろうとするスミマルを、ノアが押しのける。

「っていうかスミマル、ノアが自販機の下で干涸《ひから》びかけている間、どこにいたのです？」

「そんなの、助けてくれるプリティーな女の子を探していたに決まっているマルよ！　あの辺を歩いている女生徒のスカートの中をのぞき見しようなんてしてないマル！」

「ぬお～～マジでやめろなのです！　スミマルが問題を起こしたら、一蓮托生《いちれんたくしょう》でノアまで罰せられるのですよ!?」

「それはこっちのセリフマル！　この世界に着いて早々食い逃げなんて、ノアのご両親も草葉の陰で泣いてるマルよ！」

「パパもママも健在なのですが⁉　ってゆーか、ノアが無一文なのは、スミマルが手続きを忘れたせいでこの世界のお金の支給が遅れているからなのですが⁉　謝りやがれこのやろーなのです！」

賑《にぎ》やかに言い合う二人を見ながら、佳織は唖然と呟《つぶや》いた。

「こんな不思議なイカさん、初めて見ました……ノアさんもこの国の方ではないようですし、それにあの神秘的なステッキといい、一体……？」

その呟きが耳に入ったのか、ノアがはっと我に返る。

何度か咳払《せきばら》いをすると、改めてスミマルに佳織を紹介した。

「スミマル、こちらは佳織さんなのです。とっても優しい方で、赤の他人のノアを助けてくれたのですよ」

「なんと！　ノアがお世話になったマル～！」

「いえいえ、私は何も。ノアさんがご無事で良かったです」

佳織の柔らかな微笑《ほほえ》みに、スミマルがとろける。

「はぁあ～、この優しさ、まさに天使マルね～！　それに最高にキュートマル！　もしこんな子がボクたちに協力してくれたら、とっても素敵マルなぁ」

うっとりと頬を押さえるスミマルに、ノアがこそこそと耳打ちする。

「そうなのです！　それに、ノアたちは資金的にも厳しいのです。なんと佳織《かおり》さんは大富豪のご令嬢なのです、協力してくれたら百人力なのです！　……まあ、例の規則に引っ掛からない範囲で、という条件付きなのですが……あの規則、マジでうっとうしいのです、ぐぬぬ……！」

「なんと、優しくて天使でしかもお金持ちのお嬢様なんて、そんな逸材を逃がす手はないマル！　何よりボクの好みマル～！　それに、ボクの見立てが正しければ――」

「あ、あの……？　一体何の話をされているのですか？」

内緒話をするノアたちに、佳織は困惑しつつ声を上げた。

すると、ノアとスミマルが顔を見合わせて頷《うなず》き合う。

「……あの、実はノアたち――！」

ノアが何かを打ち明けようとした、その時。

「きゃああああ!?」

甲高い悲鳴が辺りに響き渡った。

「⁉」

思わず振り返る。

二人と一匹の視界に入ったのは、宙に浮いている黒いタコの群れが、広場の人々を襲っている光景だった。

「ギャギャギャギャギャ！」

「いやあああああ！　何よ、このタコ⁉」

「ああっ、私のクレープが……！」

小さなタコはクレープを奪ったり女子のスカートに潜り込もうとしたりやりたい放題し、学生たちはテニスラケットやシューズを放り出して逃げ惑っている。

「ギャギャギャギャ～～～ッ！」

「な、なんですか、あの黒いタコさんは……⁉」

初めて見る生物に、佳織は思わず目を瞠《みは》る。

ノアとスミマルが緊迫した声を上げた。

「あっ、あれは……！」

「『デビパチ』マル！」

「えっ⁉　で、デビパチ、とは……⁉」

「説明している時間はないのです、とにかくやっつけなきゃ——ウッ⁉」

勢いよく立ち上がったノアが、蒼白《そうはく》な顔でかがみ込む。

「う……はぁ、はぁっ……そんな、まさか……今になって……ッ！」

「ノアさん、どうかしましたか⁉　顔色が悪いです……！」

心配する佳織に、ノアは厳しい表情で呻《うめ》いた。

「くっ……くれえぷを食べ過ぎて……お腹《なか》が痛いのです……！」

「ええっ⁉」

「ノアとしたことが、『一〇分でクレープ全種類制覇☆　幸福の血糖値爆上げチャレンジ☆』はさすがにやっちまったのです……！」

「馬鹿マルか？」

「ちょっとお手洗いに行ってくるのです！　佳織さん、これ持っててくださいなのです！」

「これはさっきの、お金を掻《か》き出そうとしていた神秘的なステッキ⁉」

「というわけで、あとはお願いするのです～！」

「えっ、えっ、ノアさん⁉」

ノアはステッキを佳織に託すと、一目散に走り去った。

「あ、あとをお願いされましたが、一体どうすれば……!?」

ぽつんと残された佳織は、煌《きら》びやかなステッキを手に、おろおろと辺りを見回した。

広場にいた人たちはすでに逃げ出して人気《ひとけ》はなく、学生たちが落としたらしきテニスラケットやシューズなどが散乱している。

タコたちは次なる標的を探して、広場を彷徨《さまよ》っていた。

スミマルが声を荒らげる。

「まったく、ノアってば肝心な時に役に立たないマル！　こうなったら仕方ないマル……佳織、ノアの代わりにデビパチと戦ってほしいマル！」

「ええ!?　た、戦う、ですか……!?」

「大丈夫マル、ボクの見たところ、佳織にはとんでもない『プリズムパワー』が秘められているマル！」

「『プリズムパワー』とは!?」

混乱する佳織に構わず、スミマルが畳みかける。

「時間がないマル！　とにかく、そのステッキを掲げて『キラキラ輝く七色の世界！　パーフェクトピュアプリンセス、ドレスアップ！』と唱えるマル！」

「ええ!?　ええと、ええと……!?」

「ギャギャギャ〜！」

佳織が戸惑っている間に、タコたちが佳織の存在に気付く。

その目がぎらりと光った。

「ギャギャギャ〜！」

「奴《やつ》らがこっちに目をつけたマル！　迷っている暇はないマル！　さあ、勇気を出して！」

「あわわわ……！　なんでしたっけ、ええと、ええと……!?」

スミマルに急《せ》かされて、佳織は思い切りステッキを突き上げた。

声の限りに叫ぶ。

「ナントカカントカ、ど、どれすあっぷ、です！」

すると眩《まばゆ》いばかりの光が溢《あふ》れ出した。

「こ、これは……!?」

七色の輝きが、全身を優しく包む。

佳織は視界を覆い尽くす光に、思わず目を瞑《つぶ》り――次の瞬間、見慣れないコスチューム
に変身していた。

胸元を飾る大きなピンクのリボンに、ヒール付きのブーツ。

そして、フリルがたっぷりあしらわれたキュートなミニスカート。

「ひゃ――ひゃあああああああああああ⁉」

悲鳴を上げ、今にも中が見えてしまいそうなスカートを押さえる。

「こ、この服は一体⁉　恥ずかしすぎます～っ……！　というか私、教えてもらった呪文、
ちゃんと言えてましたか⁉」

混乱しながら問うと、スミマルが片目を瞑った。

「まあ変身は成功したし、そのあたりは適当で問題ないマル！　こういうのは想《おも》いが大切
マル！」

「な、なるほどです⁉　って、この衣装は本当になんなんですか――――⁉」

可愛《かわい》らしいコスチューム姿の佳織を見て、スミマルがうっとりと頰を染める。

「うふふふ、キュートでプリティーで最高マル！　やっぱりボクの目に間違いはなかった
マル～！　さあ、デビパチをやっつけるマル！」

「あわわわ、一体何が起こっているのか、誰か説明してください～～～～‼」

「ギャギャギャ！」

佳織が戸惑っている間に、数体のタコが佳織に殺到した。

たちまち佳織に張り付くと、黒い足をくねらせて服の隙間から潜り込もうとする。

「ギャギャギャ～」

「きゃあああ!?　ひゃ、や、やめてください～！」

「うふふふ、これは眼福――じゃなくて大変マル！　こらっデビパチ～、許さないマルよ～、ぷんぷん！　うふ、うふふふ～！」

「ひゃん!?　あ、だめっ……く、くすぐったいですっ……いやっ……た、助けてください～！」

佳織が必死に身を捩《よじ》った時。

「ふう、間に合ったのです～」

「ノアさん！」

すっかり晴れやかな表情になったノアが、広場に戻ってきた。

コスチューム姿の佳織を見て、目を見開く。

「わあ、佳織さんすごいのです！　魔法少女に変身できたのですね！」

「あの、このタコさん、一体どうすれば……!?」

「ノアが来たからには、もう心配ないのです！　全部まとめてやっつけちゃうのです～！」

ノアは頼もしく胸を張り――

「はっ、いけない、手を洗い忘れていたのですッ！　お手洗いなのに手を洗わないなんて一生の不覚！　急いで洗ってこなきゃなのです！」

「ええええええ!?」

「あっ、その前に……ええと、ええと、何かないかな～……あっ、これでいいのです！」

ノアは落ちているテニスラケットを拾った。

手をかざし、呪文を唱える。

「『汝《なんじ》、内なる輝きよ、我が祈りによって魔法の力をいま授け……』――あれ？　続き何だっけ、ええと……おりゃあああああああ～～～～～～！」

「投げやりじゃないですか!?」

「こういうのは気持ちが大事なのです！」

するとラケットが七色に輝きはじめた。

「ら、ラケットが光ってます!?」

「ギャギャギャギャ!?」

佳織《かおり》に張り付いていたタコたちが、怯《おび》えたように飛び退《の》く。

「あっ、タコさんが離れました！」

ノアは光り輝くラケットを佳織に差し出した。

「佳織さん、コレを使うのです！」

「これは一体……⁉」

「この黒いタコ――デビパチには、普通の攻撃は通用しないのです！　このラケットに佳織さんのプリズムパワーを込めて撃ち出すのです！」

「さ、さっきも聞きましたが、そのぷりずむぱわーとは……⁉」

「プリズムパワーとは、その人間に備わった魅力の総量！　ＩＱや身体能力、コミュニケーション能力、経済力、エンゲル係数、体脂肪率、ええっと、あとは、胸囲、肌年齢、その他諸々《たもろもろ》がエントロピーとして渾然一体《こんぜんいったい》となり、総合的にプリズムパワーに変換されるのです！」

「本当ですか⁉」

「とにかく、魔法少女の衣装を纏《まと》った人間は、魅力をプリズムパワーに変換して、特別な攻撃ができるようになるのです！　なんか、フワ～ッてしてキラキラ～って感じをイメージしながら、手のひらに力を集めるのです！」

「ふ、フワ～ってしてキラキラ～……⁉　よ、よく分かりませんが、やってみます！」

佳織はひとまず、言われた通りに意識を集中させる。

すると、手のひらの上に七色に輝く球体が生まれた。

「あっ、で、できました⁉」

その眩さに、ノアとスミマルが戦《おのの》く。

「なっ⁉　なんて眩いプリズムパワーなのです⁉」

「すごい才能マル！　やっぱり佳織は天才マル、天性の魔法少女マル！」

ノアはラケットを佳織に押しつけた。

「その球を、この魔法のラケットでデビパチに撃ち出すのです！　最初は難しいかもしれないのですけど、狙いをしっかり定めて、なんとか命中させてください！　それじゃあ頼んだのです～！」

「わ、分かりました、やってみます！」

再び去ったノアを見送り、佳織はタコの群れに向き直った。

「ギャギャギャ……！」

「恨みはありませんが、悪さをする子にはお仕置きです……！」

「そうマル！　佳織の力、見せてやるマル！」

佳織は輝くラケットを構え、呼吸を整える。

タコに狙いを定め、七色に輝くボールを思い切り打った。

「え、えーいっ！」

刹那、ボールが凄《すさ》まじい勢いで撃ち出された。

——逆方向へ、と。

「ああっ!?　反対方向に!?」

「どういうことマル!?　しかも弾丸みたいなスピードマル!?」

完璧なお嬢様である佳織だが、唯一運動だけは苦手なのであった。

しかし、ちょうどその時。

「きゃあああああっ！」

「ギャギャギャギャギャ！」

逃げ遅れた学生を襲っていたタコに、音速に迫るボールが直撃した。

ドゴオオオオオオオオオオオッ！

「ギャ————————!?」

「⁉　あ、あれっ⁉　助かった……⁉」

タコが吹き飛び、学生が目を丸くする。

「すごいマル、佳織！　あの子を助けたマル！」

「あ、あちらに飛ばす予定ではなかったのですが、結果的に良かったです！」

「ギギギ……」

学生が逃げ去った後。

地面に叩《たた》き付けられたタコから、シュワアワアアと黒い霞《かすみ》が抜ける。

するとその身体《からだ》が、みるみる半透明の虹色に変化した。

「あっ、タコさんが虹色になりました！」

「なっ⁉　い、一撃でデビパチを浄化したマル⁉　なんて威力マル⁉」

凄まじい威力に目を剝《む》くスミマルをよそに、佳織は首を傾《かし》げる。

「それにしても、おかしいですね。どうしてボールが反対方向に飛んでしまったんでしょうか……もう一回やってみますね！」

佳織は再びボールを生み出した。

美しいフォームで空中に投げ上げる。

「今度こそ、よく狙って――えいっ！」

ズバアアアアアアアッ！

「「「「ギャギャギャギャ⁉」」」」

今度はどういう物理法則か、真横に飛んだボールが、数体で押し寄せていたタコの群れをまとめて貫いた。

「わ、わァ……えぐいマル……」

「おかしいですね、全然思った方向に飛びません……えいっ！　えいっ！　えーい！」

佳織がラケットを振る度に、謎の軌道を描いた球がタコたちを吹っ飛ばす。

「ギギャッ⁉」

「ギャギャギャ⁉」

「ギャギャ～～～～～⁉」

「あ、あの、佳織、もうその辺に……」

「うーん。きっと集中力が足りないんですね。一球入魂です！　えーいっ！」

そして、最大威力の一撃が放たれた――なぜか、誰もいない空間に向かって。

「ああっ、また狙いと全然違う方向に……！」

「ギャギャ！」

通り過ぎるボールを、タコたちが嘲笑《あざわら》う。

しかし。


ドゴッ！　ドゴゴゴゴゴゴゴオオオオオオオオオオオオッ！


「なっ――跳弾《ちょうだん》マル⁉」

壁に当たって勢いよく跳ね返ったボールが、街路樹や地面に当たって跳ね、すさまじい跳弾となって次々にタコの残党を襲ったのだ。

「ギィィ～～～⁉」

「ギャギャギャ⁉」

「ギギギギィィイイイイ～～～～～～⁉」

「あわわわ、た、大変なことに……！」

予測不可能な軌道に翻弄され、タコたちは逃げることもできないまま的になっていく。

阿鼻叫喚《あびきょうかん》の光景を前に震える佳織とは反対に、スミマルは大興奮していた。

「うおおおおすごいマル、すごすぎるマル！　球に込められたプリズムパワーといい、凄まじい発射速度といい、とんでもない逸材マル！」

「そ、そうなんですか？」

「そうマルよ！　最高マル、佳織はボクらの女神様マル！　……って、あれ？　佳織、たくさん動いたせいか汗をかいているマルな。ボクの触手で拭いてあげるマル～」

「あ、そんな、大丈夫ですよ――」

「遠慮しなくていいマルよ、うふふふ～～（ドゴオオオオッ！）ブフォ⁉」

「きゃあああ⁉　す、スミマルさ――――ん⁉」

佳織に大接近しようとしていたスミマルが、跳弾によって吹っ飛ばされる。

「すみませんすみません、大丈夫ですか⁉」

「うふふ、大丈夫マル～、むしろご褒美《ほうび》以外の何ものでもないマル～」

スミマルの犠牲を最後に地面に落ちたボールが、光の欠片《かけら》と化して消える。

広場は静寂を取り戻し、辺りには虹色で半透明のタコたちが伸びているばかりだ。

「こんなタコさん、初めて見ました。一体何だったのでしょうか……ボールが当たると、黒から虹色に変色しましたし……」

「ハッ、そうだったマル！　急いで回収しなきゃマル！」

「回収？」

スミマルが空中に手をかざす。

「いでよ、『シャイニー・たこ壺《つぼ》』マル～～～～！」

すると何もない空間から、光り輝くたこ壺が現れた。

「え、ええっ⁉　空中からたこ壺が……⁉」

「さあ、みんなまとめて回収マル～～～～！　うおおおおおおおお！」


ギュイイイイイイイン！　シュポポポポポポポ！


たこ壺から虹色の風が渦巻いたかと思うと、タコたちをあっという間に吸い込んでいく。

「た、タコさんがたこ壺に吸い込まれて……⁉」

佳織が呆然《ぼうぜん》としている間に、全てのタコがたこ壺におさまった。

「ふぅ。これにて完了マル！」

佳織は思わず唖然《あぜん》として立ち尽くす。

「さ、さっきから不思議なことばかりで……あの、スミマルさんたちは一体……」

「佳織さぁ～～～ん」

そこにノアが帰ってきた。

半べそをかいて、濡《ぬ》れた手をぷらぷらさせている。

「あ～ん、ハンカチを忘れてしまったのです～、手がびしょびしょなのです～。ハンカチを貸してくださいなのです～」

「あ、はい、どうぞ」

「ありがとうなのです！　ふきふき……ん？　あれ、そういえばデビパチたちは……」

ノアは静まりかえった広場を見回して、目を丸くした。

「なっ⁉　まさか、あの数のデビパチをこんな短時間で倒したのですか⁉」

「え、ええと……」

困惑している佳織《かおり》に代わって、スミマルが胸を張る。

「そうマル！　圧倒的な強さだったマルよ！」

「すごい、一体どうやって……⁉」

「あの、私としてはそういうつもりはなかったのですが……無我夢中でやっていたら、こんなことに……」

「そ、それってもしや、気付いたら全滅させていたっていう、天才にありがちなパターンなのです⁉　す、すごすぎるのです！　強者感ハンパねぇのです！」

「こんな逸材、他にいないマルよ～！」

「あっ、そういうことではなくてですね、私は少しその、運動が苦手で……球が思った方向に飛ばなくて……」

佳織の訂正が届くことはなかった。

スミマルとノアは顔を見合わせると、力強く頷《うなず》く。

ノアが佳織の手を握った。

「佳織さん、お願いなのです！」

「は、はいっ⁉」

「『パーフェクトピュアプリンセス』になって、ノアたちを助けてほしいのです！」

「えっ⁉」

佳織はノアに覗《のぞ》き込まれて仰《の》け反《ぞ》りながら、目を丸くした。

「先程もその言葉をちらっと聞いた気がしますが……パーフェクトピュアプリンセスとは……⁉」

「申し遅れました。実はノアは、魔法の国『プリズムワンダーランド』の一級宮廷魔法機動護衛士なのです！」

「い、一級宮廷まほう……？」

決め顔のノアの背後から、スミマルが口を挟む。

「正式な肩書きは長すぎるマル～。要は魔法少女マルね」

「ま、魔法少女さん、ですか……!?」

「そう！　そしてボクは同じく『プリズムワンダーランド』からやってきた、汎用イカ型高機動支援守護妖精〇一号漆式、スミマルだマル！」

「長すぎるのです。分かりやすく、イカ型妖精でいいのです」

ドヤ顔のスミマルに、今度はノアがジト目でツッコミを入れた。

「まあ……ただのイカさんではないとは思っていましたが、妖精さんだったんですね」

佳織の驚愕《きょうがく》を込めたまなざしを受けて、スミマルは誇らしげに宙返りする。

「うふふ、そうマル。ボクはノアの守護妖精、兼お目付役マル！」

「スミマルは私たちのような魔法少女適性のある者を選定したり、デビパチの気配を察知することができるのです！」

「それに『変身』の能力も持っているマルよ！　担当する魔法少女を、色んな衣装に変身させることができるマル！　イカした格好なら、ボクにお任せマル～！」

「魔法少女のコスチュームも、元はスミマルの能力なのです！　魔法少女はその力を借りて、ステッキでコスチュームを召喚することによって、変身することができるのです！」

「すごいです、多才なのですね、スミマルさん！」

「うふふふ〜もっと褒めてマル〜」

「まあ、変態さんなのが玉に瑕《きず》なのですがね」

ノアがやれやれとばかりにため息を吐《つ》く。

佳織は小首を傾《かし》げた。

「それで、お二人は何の目的で、魔法の国からいらしたのですか？」

「それが……」

ノアは一瞬目を彷徨《さまよ》わせると、切実な表情で打ち明けた。

「実は魔法の国の結界が破れて、大量のデビパチが世界線を超えてこの世界に逃げ出してしまったのです！」

「まあ！　デビパチさんとは、先程のタコさんのこと……ですよね？」

「はい。デビパチは人間にいたずらをするのが大好きな困ったちゃんで、人間の負のオーラ──怒りや不安、欲望などを吸い込むことで成長・増殖するのです」

「奴《やつ》らは負のオーラを吸い込むとどんどん黒ずんでいって、さらに、成長するにつれて形状を変えるマル。空を飛んだり、地面に潜ったり、巨大化したりと、いろんなタイプがいるマル！」

「さ、さすがは魔法の国のタコさんですね……そんな恐ろしいタコさんが生息しているなんて、魔法の国は大変そうです」

震え上がる佳織に、スミマルがウインクする。

「大丈夫マル、魔法の国であれば、魔法で簡単に対処できるマル！」

「そうなのです！　しかもデビパチは、魔法の国では好きな人にはたまらない珍味なのです！」

「ええ⁉　ち、珍味ですか⁉」

「はい！　人間の負のオーラを吸ったデビパチは、毒抜きすると虹色のスペシャル状態になって、これがはちゃめちゃに人気で超高値で売れるのです～！」

「いやぁ～佳織のおかげで大漁マル！　幸先良《さいさきい》いマル～！」

「やったのです、これで大もうけなのです～！　ふひひひひ！　……ハッ！　こほん」

ノアとスミマルはたこ壺を囲んで小躍りしていたが、我に返ると咳払《せきばら》いをした。

表情を引き締め、説明を続ける。

「このように、魔法の国ではほぼ無害なデビパチですが、魔法を使える人のいないこの世界では、恐ろしい脅威になりかねません。そのため、この世界に溢《あふ》れてしまったデビパチを回収するのが、ノアたちの役目なのです！」

「そうだったんですね」

佳織はひとしきり納得すると、真剣な顔で考え込んだ。

「でも、どうしてそんな大切な結界が破れてしまったのでしょうか？　その原因を探らないことには、また同じことが起きてしまうのでは？」

「えっ？　ええと、それは……」

途端に、ノアが目を泳がせる。

「なんというか、あのー……結界の見回りは当番制になっていまして、先週はノアが当番だったのですが……ちょとそのー、なんというか、まあ……前日にパン工場の夜勤バイトでミスをしまくって、何十回とラインを停めてパートのおばちゃんたちに怒られながら夜通し働いていたせいで寝過ごして……少しばかり見回りの時間に遅刻しちゃってぇ……その間に、デビパチの大群が結界を破ってしまったのですっ……！」

「えええええ!?」

「実はノア、かなりのドジで……うっかりやらかしては、その度に賠償金が増えていくのです……。うう、ミスに次ぐミス！　増える借金！　わああああん！」

べそべそと泣くノアを尻目に、スミマルが肩を竦《すく》める。

「結界は、ノアの先輩の一級宮廷魔法機動護衛士たちが全力で復旧作業を進めているマル。その間に、ボクらは『逃げたデビパチをどうにかしろ、全部回収するまで帰ってくるな』と追い出されたマル」

「でも、ノアは落ちこぼれで全然役に立たなくて……ううっ。お願いです佳織さん、一緒に魔法少女パーフェクトピュアプリンセス——略してパピプリになって、ノアを助けてくださいなのです〜！」

「で、ですが……」

戸惑う佳織に、スミマルが畳みかける。

「さっきの戦いで分かったマル、佳織にはとんでもない魔法少女適性が備わっているマル！」

「そ、そうなんですか？」

「たった一度でそのコスチュームに変身できたことが、何よりの証《あかし》なのです！　それに、一流のパピプリに必要な素質は、輝くような気品と優しさなのです！　佳織さんなら、絶対に素敵なパピプリになれるのです！」

「……ノアには備わってないものばっかりマルなぁ、なんで魔法少女になれたマル？」

「うるせーのです！　というか、お前が選んだのですが⁉」

佳織は困惑しつつ声を上げた。

「あ、あの、お力になりたいのは山々なのですが、そんな大役、私に務まるかどうか……」

もちろん手伝いたい気持ちはあるが、なにしろデビパチや魔法少女の存在自体を知ったのもついさっきなのだ。

そんな佳織からすると、変身できたのも先程の攻撃もまぐれにしか思えず、この先自分が足を引っ張るかもしれない可能性を考えると、安易に引き受けることはできなかった。

すると、ノアの目にみるみる涙が盛り上がった。

「う、ううう、ううう……！」

「えっ、の、ノアさん⁉」

「わあああん！　佳織さんが手伝ってくれないと、ノアはこのままでは背負った負債を返しきれず、魔法で巨大化したバカでけぇ螺旋式千枚刃《シュレッダー》に掛けられて、細切れになった体をばらまかれ、世界中にある養豚場の豚の餌にされてしまうのです～！　わあああああん！」

「あわわわ……！　そ、そんな大変なことに……⁉」

顔色を失う佳織に、ノアは泣きじゃくりながらちらちらと含みのある視線を送る。

「うっ、ぐすっ、でも安心してください、たとえミンチになったとしても、佳織さんのことを恨んだりしないのですっ（チラッチラッ）」

「あ、そんな、あわわわ……⁉」

慌てふためく佳織《かおり》に、スミマルも潤んだまなざしを向ける。

「うう、そうマル！　連帯責任でボクもストーブ列車で日本酒片手に炙《あぶ》られておじいちゃんおばあちゃんのおつまみとして冬の風物詩になる運命マルが、受け入れるマル！（チラッチラッ）」

「ええっ、あわ、あわわわ……！」

「ノアたちはたとえ拷問されようとも、細切れになってザリガニの餌にされようとも、佳織さんさえ手伝ってくれていたらこんなことにならなかったのになどとは決して口が裂けても言わないのです！（チラチラチラッ）」

「はわ、はわわわわ……⁉」

「安心してほしいマル、ボクはたとえ自慢のエンペラはイカ刺しに、キュートな足はゲソ天に、可憐《かれん》な内臓は塩辛になり果てても、絶対に佳織を恨まないマル～～～～！（チラチラチラチラッ）」

「ひえええええ～⁉」

一人と一匹が放つ特大の圧を浴びて、佳織は勢いに任せて宣言した。

「わ、分かりました、少しでもお役に立てるのであればっ……！」

途端に、ノアがぱあああっと顔を輝かせて佳織に抱き付く。

「わあ、ありがとうございますっ！　こちらこそよろしくお願いしますなのです～！」

「きゃあ、ノアさんっ⁉」

「あーっ、ズルいマル！　ボクも佳織に抱き付くマル～うふふ」

「スミマルはダメなのです！　佳織さんから離れるのです～！」

「い、勢いで引き受けてしまいましたが、本当に良かったのでしょうか……」

ノアとスミマルに抱き付かれながら、佳織は今更のように悩み——ふと、周囲がざわついていることに気付く。

「わあ、あの子の服、何かのコスプレかな？」

「魔法少女みたい！　すっごい可愛《かわい》い～！」

「ってか、あんなにいたタコがいなくなってるけど……もしかしてあの子がやっつけたのかな？」

「まさか、本当に魔法少女だったりして……」

避難していた人たちがいつの間にか戻ってきて、佳織とノアを遠巻きに囲んでいた。

「ひえええ～～～⁉　は、恥ずかしいです～～～～！」

「あっ⁉　待ってくださいなのです佳織さん～！」

「どこに行くマル～～～⁉」

自分が超絶プリティーなコスチュームのままであることを思い出し、佳織は真っ赤になってその場から逃げ出した。

ノアとスミマルも追ってくる。

佳織は人目に付かない建物の裏に逃げ込むと、スミマルに涙目で訴えた。

「あのっ、元の服に戻してほしいのですが……⁉」

「ええ～もうちょっと見ていたいマル～」

「可愛くて似合っているのですよ！」

「あ、ありがとうございますっ、でもちょっと、こういう服は着慣れていないので、は、恥ずかしくて……！」

「うーん、仕方ないマル。ボクに任せるマル！」

スミマルはそう言うと、佳織の尻に触手の吸盤をきゅぽりと張り付かせた。

「きゃあっ⁉」

「変身解除マル～～～～！」

スミマルの全身が光ったかと思うと、その光が吸盤を伝って佳織のコスチュームに流れ込み――

瞬《また》く間に、元の制服に戻っていた。

「あ……も、戻ってます……良かった……」

「今回はボクが変身を解いたけど、今後は佳織専用のステッキがあれば、自分で解除することもできるマル～」

「は、はいっ、ありがとうございます――というか、おしりに触る意味はあったんでしょうか……⁉」

「変身を解くためには、おしりに触るのが一番効率的マル。ボクも不本意マルが仕方ないマル、まったく世話が焼けるマルなぁ、やれやれ――」

「いや絶対嘘《うそ》なのです、職権を乱用するななのです変態イカ――――！」

「ぶえええええ⁉」

「す、スミマルさ――――ん！」

ノアがスミマルの触手を摑《つか》んで、びた――ん！　と地面に叩《たた》き付ける。

ノアは「ふう」と手を払うと、制服姿に戻った佳織を興味津々《きょうみしんしん》で見つめた。

「それにしても……出会った時から思っていたのですが、それは噂《うわさ》に聞く『制服』というものなのですか？」

「ええ、そうですよ。今通っている高校の制服です」

「う〜ん、グレートマル！」

「きゃっ⁉」

瞬時に復活したスミマルが、佳織の周囲をぐるぐると飛び回る。

「これが制服！　まさにアニメで見て憧れていた通りマル！」

「えっ、魔法の国でも、こちらのアニメを見られるんですか？」

「もちろんマル！　ああ〜素晴らしいマル、この制服、佳織の清楚《せいそ》さと魅力を見事に引き立てているマル！　なによりこの黒タイツ……素肌を隠すことによって生まれるきりりとした気品と、絶妙な艶《なま》めかしさ！　うひょ〜、最高マル〜〜〜〜〜！」

「気持ち悪いのです、急に早口になるななのです」

ノアは侮蔑の目から一転、きらきらしたまなざしで佳織を見つめた。

「それにしても、佳織さんと一緒に魔法少女として活動できるの、嬉《うれ》しいのです！」

「そうマル！　デビパチが出現した時にすぐ合流できるように、これからはなるべく傍《そば》にいたほうがいいマルな～。よし、常に佳織をストーキングするマル！　ストーキングは得意マル！」

「却下なのです！　すぐに通行人に通報されて警察を呼ばれるのがオチなのです！」

「ウッ、警察沙汰は御免マル……うーん、何かいい方法はないマルか～」

佳織はぽんと手を打つ。

「それでは、私と同じ学校に入学するというのはいかがでしょうか？」

「ええっ⁉　そんなことができるのですか⁉　って、そういえば、佳織さんは、学校の理事長さんの娘さんだったのです！」

「そ、そうだったマルか⁉　佳織ってばすごすぎるマル！　一緒の学校なら、自然に近くにいられるし、いい考えマルな～！　さすがマル！」

「ただ、ノアさんくらいの年齢ですと、おそらく中等部になりますが……」

「ちゅーとーぶ？」

「私は高等部に通っているのですが、中等部はもっと若い方が入る学校です。とは言っても同じ敷地《しきち》内にありますし、何かあればすぐに合流することが出来ますよ。制服も一緒ですし」

「わあい！　佳織さんとおそろいなのです～！」

ぴょんぴょんと喜ぶノアを見て、佳織は微笑《ほほえ》んだ。

「それでは、私が通っている学校に——あ、王星《おうせい》学園というのですが、そこでよろしければ、来週中には通学できるように、転入手続きを進めておきますね」

「はーい、よろしくお願いしますのです！」

「うふふ、良かったマルな～……って、王星学園マル⁉」

「きゃ⁉」

「オワー⁉　びっくりしたのです、急に大きな声を出すななのです！」

スミマルが目を剝《む》いてまくしたてる。

「王星学園といえば、泣く子も黙る超超超超エリート校マルよ⁉　勉学はもちろん、様々な分野での教育に力を入れて、生徒の自主性を重んじる校風によって世界中で活躍する人材を輩出し続けている、屈指の名門校マル！」

「そうなのですか⁉　っていうか、スミマルはなんでそんなこと知ってるのです？」

「可愛いJKをこっそりストーカー——つけ回していたら、たまたま小耳に挟んだマル！」

「うおお～マジで何やってんのですかこの変態イカ～～～！（ベチ———ン！）」

「ぎゃふん！」

両手で思いっきりプレスされて、スミマルが悲鳴を上げる。

ノアはそんなスミマルを投げ捨てると、尊敬の目で佳織を見上げた。

「それにしても、そんな超一流学園の理事長の娘さんだなんて……佳織さん、本当にすごい方なのです！」

「いいえ、私は何も……」

佳織は困ったように笑い、ふと首を傾《かし》げた。

「となると……おそらくこれから先、私とノアさんは一緒に行動することが多くなりますよね？」

「はいなのです、よろしくお願いしますのです！」

「それでは、ノアさんは私の妹のお友だちということにしましょう。そうすれば、一緒にいても自然ですし」

ノアが目を丸くする。

「佳織さん、妹さんがいらっしゃるのですか？」

「はい。佳澄《かすみ》といって、ちょうどノアさんと同い年くらいなんです。今は母と一緒に海外で生活しているので、なかなか会えないのですが……。ノアさんは、その国から留学でやってきたことにしましょう。ノアさんもそのつもりで、何でも頼ってくださいね」

「あ、ありがとうございます！」

天使のような微笑みに、ノアが目を潤ませて感激する。

佳織《かおり》はスミマルに目を移した。

「そういえば、ノアさんは学校に通うとして……その間、スミマルさんはどうなさるんですか？」

「心配いらないマル！　こうして小さくなれば――」

スミマルはみるみる小さくなると、佳織の鞄《かばん》にぺたりと張り付いた。

「ほら、キーホルダーに擬態することもできるマル！」

「わあ、すごいです！」

「うふふふ。これからはプリティーなイカ型キーホルダーとして、佳織と行動を共にするマルよ！」

「わ、私とですか？」

佳織は思わず目を丸くした。

てっきりノアに付いていくものだと思っていたのだ。

スミマルが肩を竦《すく》める。

「当然マル、ボクは守護妖精マルよ？　万が一、佳織に何かあったら許されないマルからね。これは佳織を守るために仕方のないことマル！　やれやれ、ボクも大変マル～」

「とか言って、単に佳織さんの私生活をのぞき見したいだけなのでは……？」

ノアのジト目も意に介さず、スミマルはキリッと顔を引き締めた。

「ボクはデビパチの気配を察知することができるマル！　デビパチが出現したら、すぐに佳織とノアが駆けつけて倒すマルよ！」

「分かりました！」

佳織は気合い十分に頷《うなず》く。

そんな佳織を見て、ノアが不思議そうに呟《つぶや》いた。

「それにしても、自分で言うのもなんですが……佳織さんは、よくこんな荒唐無稽な話をすんなり受け入れてくれたのですね。ノアならこんな怪しい変態イカ、とっくに追い返しているのです」

「変態イカとは何マル⁉　せめてエロイカと言ってほしいマル！」

ぷんぷんと腕を振り回すスミマルをよそに、佳織は少し思案して口を開いた。

「それは、優夜《ゆうや》さんのおかげかもしれませんね」

「優夜さん？」

「私と同じ学園に通っている男性です。何とご説明すればいいのか、とても難しいのですが……世界を超えて色々な活躍をされている、とてもすごい方なんです。優夜さんといると、本当に規格外のことばかり起こって……だから、変わった状況には、ちょっと慣れっこなんです」

「へええ、この世界にそんなすごい人がいるマルか〜」

「はい。困っている人を見るとすぐに手を差し伸べる、とても優しい方で……」

そう説明しながら、『自分も優夜のように、困っている誰かを助けられるかもしれない』

——そんな想《おも》いが浮かんで、佳織の心は高揚していた。

ノアとスミマルに微笑む。

「微力ながら、私も魔法少女としてがんばりますね！」

眩《まばゆ》い笑顔に撃ち抜かれて、ノアとスミマルが愕然《がくぜん》とする。

「な——なんて慈愛に満ちた微笑みマルか⁉　いきなり大変な事態に巻き込まれたのに、こんなに前向きで純粋な言葉を言えるなんて⁉　尊い、尊すぎるマル〜〜〜！」

「だ、大富豪の上に、とんでもない人格者なのです！　天使なのですか⁉　すごい、すごすぎるっ……一生靴を舐《な》めていく所存なのです、ぺろぺろぺろ！」

「きゃあ⁉　ノアさん、やめてください～⁉」

「ズルいマル、ボクも佳織の靴を、いや足を舐めるマル～！」

「す、スミマルさん～～～～⁉」

夕暮れの空に、賑《にぎ》やかな声が響く。

こうして佳織は、ノアと共に魔法少女パーフェクトピュアプリンセスとしてデビパチに立ち向かうことになったのであった。

クールなメイド　氷堂雪音《ひょうどうゆきね》

ピピピピ。ピピピピ。

「ん……」

ノアたちと出会って、初めて迎える休日。

佳織は、夢の中に差し込む電子音に、小さく身じろぎした。

「もう朝ですか……」

ベッドの中から手を伸ばして、目覚まし時計を止める。

目をこすると、ゆっくりとまぶたを開き――

「うふふふ～。おはようマル、佳織♡」

でれでれと目尻を下げたイカが、目の前にいた。

「きゃあああああ!?」

「ぶべ！」

思わず押しつけた枕の下から、スミマルのひしゃげた声が漏れる。

「あっ、スミマルさん!?　すみませんすみません！」

「うふふ、全然たいしたことないマル～、むしろご褒美《ほうび》マル☆」

佳織が慌てて枕をよけると、スミマルはなぜか誇らしげにウインクした。

佳織は首を傾げる。

「でも……昨日ノアさんに言われたとおり、部屋には鍵を掛けていたはずなのに、どうやって入ってきたのですか？」

昨日、佳織が華麗に魔法少女デビューを果たした後。

ノアは佳織と出会う前から借りているアパートに引き続き住み、スミマルは佳織の警護を兼ねて、佳織と共に生活することになったのだ。

ちなみにノアのアパートは、築六七年の木造極狭1R、カビだらけのユニットバス、隙間風は吹き放題、駅から徒歩三〇分という超おんぼろ物件らしい。

そんなアパートに帰るノアは、別れ際《ぎわ》に「いいですか、佳織さん。夜はスミマルを別の部屋に隔離して、佳織さんは鍵を掛けて寝るのですよ！　絶対、絶対なのですよ！」と忠告し、その表情があまりに真に迫っていたのでその通りにしていたのだ。

不思議そうな佳織に、スミマルは胸を張った。

「そんなの、通気口から入ったに決まってるマル！」

「通気口から⁉」

「そうマル！　勘違いしないでほしいマルけど、これも佳織を守るために仕方なくやっていることマルからね！　あらゆる脅威から魔法少女を守るのが、守護妖精の使命マル！　そのために軟体で変幻自在の身体《からだ》をイカして、どんな小さな隙間からも侵入できるマル！　決して趣味じゃないマルよ、決して！」

「さ、さすがはイカ型妖精さんですね……。ですが、あまり自由に行動しすぎない方がいいような……もしもメイドさんたちに見つかったら、捕まっておいしくお料理されてしまいますよ？」

「ぎゃ～～～～～⁉　怖いマル～～～～～～！」

「す、すみません、冗談です。でも、お料理はされないにしても、確実に追い出されてしまいますよ」

「それはいやマル！　絶対にあのアパートには戻りたくないマル～！」

「い、一体どんなアパートなんでしょう……？」

スミマルは震えながら己を戒めていたが、ふと本来の目的を思い出したようだった。

「それより佳織、朝の支度を始めるマル！」

「あ、そうでした。今日はノアさんに街のご案内をする予定でしたね」

ノアはまだこの街に来て間もない。

そのため、街を案内する約束していたのだ。

「ええと、スミマルさん。着替えるので、外に出ていてもらえますか？」

「ちっちっち。ボクは守護妖精マルよ？　片時も離れずに佳織を見守る義務が——」

「だめです！」

スミマルを部屋の外に押し出すと、念のため通気口も塞ぐ。

「ぬおお～開けてマル～！　せっかくの守護妖精の特権が～！」

佳織は、血涙でも滲《にじ》んでいそうな声を遠く聞きながら、さっそく準備に取り掛かるのであった。

＊＊＊

「スミマルさん、お待たせしました」

「んもう、待ちくたびれたマルよ～」

佳織は身支度を終えると、スミマルを招き入れた。

ふわふわと入室してきたスミマルが、ぽんと手を打つ。

「そうだ佳織、これを渡しておくマル！」

「これは……」

　スミマルが差し出したのは、変身用のステッキであった。

「前に貸したのはノア用のステッキだったから、佳織《かおり》のプリズムパワーを十全に引き出すことはできなかったマル！　でもこれは佳織専用だから、あの時以上に力を発揮できるマルよ！」

「そうなんですね、ありがとうございます！　呪文もちゃんと覚えましたので、今度こそ完璧に変身できると思います！　魔法を使ったデビパチさんとの戦いだって、全力でがんばります！」

「……まあ、仮のステッキとでたらめな呪文であの威力なら、完璧になったら一体どうなっちゃうの〜⁉　という恐れはあるマルが……」

　スミマルの呟きは届くことなく、佳織は時計に目を遣《や》った。

「さて、そろそろ出ましょうか。集合場所は駅前でしたね」

　佳織は鞄《かばん》を取りに立ち上がり――


　ビー！　ビー！　ビー！

「きゃっ⁉　な、何の音ですか⁉」

けたたましい警報が鳴り響いた。

同時に、スミマルのエンペラ——耳の部分が赤く点滅し、バイブのように震える。

「いけないマル、ボクのエンペラが、激しく点滅しながら震えているマル——デビパチの気配を察知したマル！」

「ええっ⁉　この音と光は、デビパチさん出現の合図なんですか⁉」

「そうマル！　これは……繁華街の方角マル！　この気配、まだ暴れてはいないみたいマルが……デビパチがいつ悪さをするか分からないマル、急いで向かうマル！」

「分かりました！」

「ノアにも連絡するマル！」

スミマルはそう言うと、空中から可愛《かわい》らしいコンパクトを召喚した。

「スミマルさん、それは？」

「これは魔法のコンパクト——『マジカル連絡とれるくん』マル！」

「ま、マジカル連絡とれるくん、ですか」

「その名の通り、これを通じて通信ができるマル！　というわけで……ノア、出動マル！デビパチが出たマルよ！　ノア〜！」

通信で呼びかけると、コンパクトの向こうから寝ぼけた声が聞こえてきた。

「わぁい、こんなにたくさんのもやし、食べられないのです～……むにゃむにゃ……」

「も、もしかしてまだ寝ていらっしゃるのでしょうか？」

「ノア～！　寝ぼけてる場合じゃないマルよ！　ノアノアノアノア～～～！」

しつこく呼びかけると、鏡に寝癖だらけのノアが映る。

「ん～、ふわぁぁ……せっかくいい夢を見てたのに、起こすななのです～……」

「あっ、ノアさん！」

「まったく、まだ寝てたマルか⁉　もうすぐ集合時間マルよ⁉」

「だってぇ、なんかこの部屋、慌ただしくて全然眠れないのです～……誰もいないはずの隣の部屋からドンドン音がするし、二階なのに髪の長い女の人が窓から覗《のぞ》いてくるし、寝ようとすると枕元に黒い影が立ってなんかぶつぶつ言ってくるし……こっちの世界ではよくあることなのです？」

「ぎゃあああ怖いマル！　やっぱりその部屋ヤバすぎるマルよ！　うう、思い出しただけで鳥肌が立つマル、絶対に絶対に戻りたくないマル……！」

「の、ノアさん、それはもしかして事故物件というものでは……⁉　早めに引っ越した方がいいような……」

「んええ〜？　まあ確かに、汚いしうるさいし気が散るし、家賃が超絶安いことしか良《い》いところがないのです〜。早くお金を貯《た》めて引っ越したいのです〜」

コンパクトから聞こえてくるしわしわの声に、佳織は思わず優しく語りかける。

「ノアさん、うちにいくつか空き部屋があるので、良ければ使ってください」

「佳織さんのおうち⁉　そんなの、お城みたいな大豪邸に決まっているのです！　ううっ、居候《いそうろう》したいのは山々なのですが……魔法少女規則第三一七条で『緊急時以外は現地の人の手を借りず、自力で生活するように』と定められているのです。もし破ったら木にぶら下げられて、生きたままハゲタカに内臓を貪られる刑に処されてしまうのです〜……」

「その規則厳しすぎませんか⁉」

驚く佳織の前に、スミマルが割り込む。

「うふふふ、可哀想マルねぇ。ボクはふっかふかのベッドで佳織と一緒に寝たマルよ〜」

「キイイイイ〜〜〜許せねぇのです！　ノアも佳織さんといちゃいちゃちゅっちゅしながら寝たいのです〜！　……えっ⁉　スミマルと佳織さん、いちゃいちゃちゅっちゅしたのですか⁉」

「し、してませんよ！　ノアさんに言われた通り、ちゃんと別々のお部屋にしていますっ！　それより大変なことが――」

「あっ、そうマル、デビパチの気配が発生したマル！　急いで合流するマル！」

「んぇぇぇ〜？　でも、まだ起きたばっかりで、朝ごはんも食べてないし、っていうか食べる物ないし……あ、そういえば、昨日おいしそうな野草を何本か拾ったのでした！　食べてからでいいのです？」

「ダメに決まってるマル！」

「でも、おなかが減って力が出ないのです〜……」

「仕方ないマルねぇ！　任務が終わったら、佳織がごちそうしてくれるマルよ！」

「えっ⁉　私、そんなこと言いましたっけ⁉」

「ふぉ〜〜〜！　やったのです！　すぐに準備するのです〜〜〜！」

「いえ、もちろんごちそうするのはいいのですが、魔法少女規則第三一七条に引っ掛かってしまうのでは⁉　ノアさん⁉　ノアさーん！」

通信はすでに切れていた。

「よし！　ノアは後から合流するから、ボクたちは先に現場に急ぐマル！」

「は、はい！」

こうして佳織は現場に急行するのであった。

＊＊＊

「あ、あの、本当にこんな所にデビパチさんが？」

繁華街にある、とあるビルの三階。

佳織は可愛らしい看板を前に、戸惑いの声を上げた。

その隣で、ようやく合流したノアが「ふぁぁぁ～」と大きな欠伸《あくび》をしている。

キーホルダーに擬態したスミマルが、エンペラをはためかせながら鼻息荒く答えた。

「間違いなく、この中からデビパチの気配がするマルよ！　ボクのセンサーがビビーッと反応したマル！」

「な、なるほど……」

佳織は改めて看板に目を戻した。

そこには可愛らしい書体で、『メイド喫茶　らぶりーはうすカフェ♡』と書かれている。

「め、メイド喫茶……ですか」

休日なこともあって、店は盛況らしく、扉の中からは楽しそうな声が聞こえてくる。

「まだ騒ぎは起きていないみたいマルね！　うふふふ、可愛いメイドさんに会えるの、楽しみマル～！」

「いや、マジでここなのですか？　勘違いじゃないのですか？」

ノアの疑わしげな視線に、スミマルは頬を膨らませた。

「そんなわけないマル！　このメイド喫茶にデビパチが潜んでいるのは間違いないマル！」

「怪しいのです、絶対にスミマルの趣味が入っているのです」

「入ってないマル！　このままでは可愛いメイドさんたちが襲われて、大変なことになってしまうマルよ⁉　そんなの許せないマル！」

「スミマルさんは、メイド喫茶をご存じなのですね」

佳織の問いかけに、スミマルは胸を張った。

「実はボク、この世界のアニメやゲームやマンガが大好きマル！」

「そうなんですか⁉」

「そうマル！　この世界に来るにあたって、事前調査のためにさらにたくさんマンガやゲームを買い漁《あさ》り、あらゆるサブスクを契約しまくったマル！　ノアのお金で！」

「ちょっと待てなのです！　そういえばお金が減ってる気がしてたのですが、スミマルの仕業だったのですか⁉」

「ケチケチするなマル、これはインプットのための必要経費マル！」

「ぐぬぬぬ……！　でも確かに、アニメやマンガがまたとない教材というのは一理あるのです……！」

「ノアさんも、アニメやマンガにお詳しいんですか？」

佳織の問いに、ノアは力強く頷《うなず》く。

「はい！　スミマルほどじゃないけど、ノアもアニメやマンガでこの世界の文化を学んだのです！　難しい資料を読むと寝ちゃうのですが、アニメやマンガは分かりやすくて面白いのです！」

「な、なるほど。とても良い方法ですが、得られる知識にちょっと偏りがあるような……？」

「さあ、可愛いメイドさんたちが待っているマル！　早く入るマルよ！」

「は、はいっ」

佳織はステッキを握って深呼吸した。

「いよいよ魔法少女としてのお仕事が始まるんですね……うう、緊張します、うまくできるでしょうか……それに、メイド喫茶に入るのは初めてです。一体どんな所なんでしょう――」

「それでは突入なのです！　たのもー！」

「の、ノアさーん！」

ノアが迷いなく突入し、佳織《かおり》が慌てて続いた。

ドアを開けた途端、メイド姿の店員たちが、眩《まばゆ》い笑顔で出迎える。

「「おかえりなさいませ、お嬢様！」」

突如として広がった華やかな光景に、佳織は目を瞬《しばたた》かせた。

「こ、これがメイド喫茶ですか……！」

「わあ、アニメで見たとおり、とっても可愛いのです！」

「うおおおおキュートなメイドさんがいっぱいマル〜！　天国マル〜！」

店内は可愛らしい装飾で統一されており、ポップな曲がかかっている。

満席で忙しそうではあるが、どこか和やかな空気が漂っていた。

佳織はフロアを見回して呟《つぶや》く。

「見たところ、異変はなさそうですが……」

「絶対にどこかにデビパチが潜んでいるマル！　油断しちゃダメマル！」

キーホルダーに擬態したスミマルが緊迫した声で言うも、その目は可愛いメイドたちを追っていた。

「ひとまず、お客さんのふりをして様子を見るのです！」

「そうですね！」

その時、聞き覚えのある声が掛かった。

「ん。佳織」

「えっ？」

思いがけず名前を呼ばれて振り向く。

そこにはショートカットの少女が立っていた。

青いメッシュの入った髪に、切れ長の瞳。

整った顔と涼しげな佇《たたず》まいから、クールな印象を受ける。

王星《おうせい》学園に通う生徒であり、優夜《ゆうや》のクラスメイトで、佳織とも面識がある少女——氷《ひょう》堂《どう》雪音《ゆきね》だ。

意外な出会いに、佳織は驚きつつも顔をほころばせた。

「雪音さん！　って、あら？　その服は——」

ふと、雪音の服を見て首を傾《かし》げる。

雪音はメイド服を着ていたのだ。

クールなメイドの登場に、ノアが歓声を上げる。

「わあ、とっても可愛《かわい》いメイドさんなのです！　佳織さんのお知り合いなのですか？」

「は、はい、そうなのですが……雪音さん、もしかしてここでバイトをされているのですか？」

「そう。悪魔召喚に必要なアイテムを買うために、お金が必要」

「あ、悪魔召喚なのですか⁉」

怯《おび》えるノアの横で、佳織はぽんと手を打った。

「そういえば、雪音さんはオカルト部に所属していらっしゃいましたね」

「ん。この前古本屋で買った古文書で、新しい儀式を見つけた。アイテムが揃《そろ》い次第、オカルト部で試してみる」

淡々と答える雪音に、ノアが戦慄する。

「あああ悪魔って、世界を地獄の業火《ごうか》で包み込んで滅亡させる恐ろしいヤツなのですよね⁉　そんなヤツを呼び出す儀式を学校の部活動で⁉　オワーッ、ヤベェのです！　デビパチより先にこの人をどうにかしたほうがいいのです！」

「だ、大丈夫ですよ、ノアさん。本当に召喚できるわけではないですから……たぶん」

一方、スミマルは興奮した様子で、雪音の周りを飛び回っていた。

「うふふふ、素敵なメイドさんマルね～！　クールな表情がたまらないマル～！　笑顔のメイドさんにご奉仕してもらうのもいいけど、こういうタイプのメイドさんには容赦なく踏まれたいマルね～！」

「って、スミマルさん!?　いつの間に妖精型に!?」

「ちゃんとキーホルダーのふりをしてなきゃダメなのです！」

「はあう!?　雪音ちゃんが可愛すぎて、思わず戻っちゃったマル～～～！」

慌てるも既に遅く、雪音の視線はスミマルに釘付《くぎづ》けになっている。

「このイカ、何？　しゃべってるし浮いてる」

「むきゅ!?」

雪音はスミマルをむんずと摑《つか》まえた。

切れ長の目で観察しながら、ひっくり返したり揉《も》んだり引き伸ばしたりする。

「不思議。こんなイカ見たことない」

「うふふふ、やだぁ、そんなに隅々まで見つめられたら照れちゃうマル～！　雪音ちゃんってば、見かけによらず大胆マルね～！　うふふふ」

「新種のUMAかもしれない。とても興味深い。隅々まで観察させて」

「もちろんマルよ～、どうぞどうぞマル～。エンペラの裏とかおすすめマルよ～」

「すごい。こんな生き物初めて見た。中身も見たい。解剖させてほしい」

「うふふふ、喜んでマル～――って、イヤ～～～ッ‼　バラバラにされるマル～～ッ‼

この子、可愛い顔してとんでもないコトを言ってるマル！　危うく塩辛にされるところだったマル～～～！」

逃げようと必死に暴れるスミマルを、ノアが呆《あき》れた顔で一刀両断する。

「自業自得なのです、一回解剖されろなのです」

「ノアの薄情者～～～！　佳織、助けてマル～～～！」

「あっ、ええと、この子はＡＩ搭載のイカ型ロボットさんなんです！　浮いたりしゃべったり、最新の機能がたくさんついているんですよー！」

「ふぅん。ロボットはオカルトの対象外」

雪音は興味を失ったようで、すぐさまスミマルを解放した。

「あの子怖いマル～、ぶるぶる……！」

雪音は佳織の後ろに隠れるスミマルから、ノアへと目を移した。

「ところで、その子は？」

「あ、ええと、ノアさんといいます。妹の友人で、外国からいらしてるんですが、まだ不慣れなので、この街をご案内しているんですよ」

佳織は事前に打ち合わせをしていた通り、ノアを紹介する。

ノアは元気よく敬礼した。

「初めまして、ノアなのです！　好きな言葉は一攫千金《いっかくせんきん》、嫌いな言葉は骨折り損のくたびれもうけ！　よろしくお願いしますなのです！」

「うん、よろしく」

佳織はふと、フロアに目を戻す。

「それより雪音さん、お仕事に戻らなくて大丈夫ですか？　みなさんお忙しそうですが……」

フロアではメイドたちが忙しそうに働いている。

皆笑顔は崩さないものの、オーダーが滞っていたり、使用済みの食器が下げられていなかったりと、明らかに人手が足りていないようだった。

「そうだった。今日は人が足りなくて、てんやわんや」

「す、すみません、そんな時に話し込んでしまって……」

「ノアたちには構わず、お仕事に戻ってくださいなのです！」

慌てて雪音を促す佳織とノア。

雪音はそんな佳織とノアを見つめていたが、不意に口を開いた。

「二人とも、お願いがある」

「？　なんでしょうか？」

「良かったら、一緒に働いてほしい」

「え、ええええええええっ⁉」

「どういうことですか⁉」

突然の無茶振りに仰天する二人に、雪音は無表情のまま告げた。

「さっきも言ったとおり、今日は人手不足で困っている。二人が働いてくれたら、店長も喜ぶ」

「で、ですが、そんないきなり……！　それに私たち、今日はデビパチさんを……いえ、大事な用事でこちらに――」

慌てて辞退しようとする佳織を、スミマルが遮った。

「待つマル、佳織！　これは渡りに船だマル……メイドさんになって、潜入捜査マル！」

「ええ⁉　ですが、お客さんとして入るだけでいいのでは……⁉」

「だめマルッ‼」

「ひええ⁉」

スミマルは血走った目で力説する。

「お客さんという立場では、裏まで捜査できないマルッ‼　そんな半端《はんぱ》な覚悟で、魔法少女が務まると思っているマルか⁉　綿密な潜入捜査のために、しっかりメイドさんとして働くマルよッ‼」

「あわわわ、すごい剣幕です……！」

「それって、単にスミマルが佳織さんのメイド姿を見たいだけのような気がするのですが……？」

「そんなことないマルッ！　ちょっとスカートが短かったり、胸元が開いているタイプのメイド服だといいマルな～なんて、全然思ってないマル！」

「いや絶対思ってるのですよね」

ノアは半眼でスミマルを見ていたが、ふと何かに気付いたように顔を上げた。

「ハッ、待ってくださいなのです！　メイド喫茶で労働……これってもしかして、お金がもらえるのでは⁉」

「もちろんバイト代は出る。しかも、指名が入ったりお客さんが増えたりすると、どんどんお給料が上がる仕組み」

途端にノアが跳び上がる。

「ひゃっほーう！　俄然《がぜん》やる気が出てきたのです！　善は急げ、店長さんにご挨拶しましょう佳織《かおり》さん！」

「ま、待ってくださいノアさん～！」

こうして二人は、あれよあれよという間にメイドとして働くことになった。

雪音が話を通すと、店長は二人を大歓迎してすぐに制服を用意してくれた。

雪音に案内されて、更衣室に移動する。

「ここで着替えて」

「やれやれ仕方ない、ボクも付いていくマル。中にデビパチがいるかもしれないマルからな～」

「変態は入室禁止なのです」

「スミマルさん、雪音さんと一緒に待っていてくださいね」

「びえええええ～～～いやマル、いやマル！　雪音ちゃんと二人きりは身の危険を感じるマル、解剖されて塩辛にされちゃうマル～～～！」

「ロボットは興味ない」

騒ぐスミマルを閉め出して、更衣室に入る。

「おお～、これが噂《うわさ》のメイド服！　まさか着られるとは、感激なのです！」

「とても可愛《かわい》いですが、やっぱりメイドさんにしては、ちょっとスカートが短いような……？」

黒を基調としたドレスは、胸の部分だけ白い素材になっている。

腰から下につける白いサロンエプロンと白のハイソックスを着用すると、完璧なメイド姿になった。

「うおおおお、テンション上がるのです！」

「初めて着たので新鮮ですね。少し恥ずかしいです……」

「おわぁ、佳織さん、とっても似合ってるのです！」

「ふふ、ありがとうございます。ノアさんもとても素敵ですよ。さあ、行きましょうか」

着替えて更衣室から出る。

「ど、どうでしょうか……？」

「あ～～～ん、可愛いマル～～～～！」

待ち構えていたスミマルが足をくねくねさせる。

「うふふふ、二人とも、とっても似合ってるマルよ～！　眼福マル、ボクの目に間違いはなかったマル～！」

「ふふふ、当然なのです！」

「ん。バッチリ」

雪音《ゆきね》も満足げに頷《うなず》く。

佳織はひとまず胸をなで下ろしつつも、眉尻を下げた。

「あの、私はメイド喫茶のことをあまり知らないのですが、大丈夫でしょうか……？」

「確かにメイド喫茶ならではのサービスはあるけど、最初はお客さんを席に案内したり、注文を取ったりしてくれれば大丈夫。それに、この店は優しいお客さんばかりだから、安心して。慣れてきたら他にも教える」

「は、はい！　よろしくお願いします！」

「了解なのです！」

二人は基本の業務を一通り教えてもらうと、早速フロアに出ることになった。

「それじゃあ、よろしく」

「お任せ下さいなのです！」

「が、がんばりますっ！」

佳織は緊張しつつも、決意を込めてフロアに踏み出した。

二人が登場した途端、店内がざわめく。

「おや、新人さんかな――って、なんだあのメイドさん、可愛すぎる！」

「あんな可愛い子見たことないぞ⁉」

「うそ、二人ともアイドルみたい！」

「お肌は陶器みたいに綺麗《きれい》だし、髪もさらさら！　あとでどんなお手入れしてるのか教えてもらお！」

男性客ばかりでなく、女性客や店員までもが釘付《くぎづ》けになっている。

「うう、フロアに出ただけなのに、すごく注目されてます……⁉　やっぱりどこか不自然なのでしょうか……⁉」

「佳織さん、こういうのは舐《な》められたら終わりなのです、堂々と胸を張るのです！」

「は、はい！　そうですよね、それにメイドさんとしてしっかり働きながら、デビパチさんを探さなければ――」

「さあ、じゃんじゃん稼ぐぞ～！」

「ノアさん、本来の任務忘れてませんか⁉」

雪音が客たちに二人を紹介する。

「この子たちは、今日新しく入ったメイド。温かく見守ってほしい」

フロア中から拍手が上がり、さっそく客が手を挙げた。

「すみません、注文お願いしま～す」

「こっちもお願いします！」

「は、はい、すぐにうかがいますっ！」

「ノアにお任せなのです～！」

佳織とノアは雪音に教わった通り、伝票を手に接客を開始する。

店内は満席なもののどかな雰囲気で、客もおっとりとした人が多く、新人メイドの可愛さに驚きつつも優しく見守ってくれているようだった。

「メイド喫茶とはどのようなものなのか不安でしたが……ほのぼのした雰囲気で、いいお店ですね」

業務の合間にほっと息を吐く佳織に、雪音が頷く。

「このお店に来るのは、ほとんど常連。みんな優しい人ばかりだから、安心して」

「はい！　……あ、いらっしゃいませ、ご主人様っ！」

緊張がほぐれるに従って、佳織の本来の魅力が発揮されはじめた。

常に笑顔で、声も柔らかく品があり、ホスピタリティに溢《あふ》れた接客で客を次々と虜《とりこ》にしていく。

一方ノアは、元気にフロアを駆け回っていた。

「おりゃ～～～～～～！」

「の、ノアちゃん、無理しないで、分けて運んでも大丈夫だよ！」

「それじゃ時間がもったいないのです、じゃんじゃん働いてがっぽがっぽ稼ぐのです！
おりゃりゃ～～～～！」

先輩メイドの心配もよそに、トレイを何個も載せて、器用にバランスを取りながら注文をさばいていく。

そんな二人の活躍に、雪音も感心しきりであった。

「これは予想以上。お客さんも喜んで、お店も助かる」

二人の活躍もあり、忙しかった店内に余裕ができはじめる。

ノアは、笑顔で接客する佳織を尊敬のまなざしで見つめた。

「それにしても佳織さん、本当にすごいカリスマ性なのです。みんなすっかり釘付けなのです」

佳織の優れた容姿ばかりではなく、気品ある立ち振る舞いとオーラが、見る者を惹《ひ》きつけていた。

ノアはそんな佳織を憧れを込めて観察していたが、その脳裏にふと妙案が閃《ひらめ》く。

「ハッ⁉ これはもしや、お金儲《かねもう》けチャンス⁉ 今こそアニメで学んだ知識を活《い》かす時なのですっ！」

ノアはお手製の看板を作ると、佳織の手が空いたタイミングを見計らって手招きした。

「佳織さん、ちょっとここに立ってくださいなのです」

「？　はい」

佳織がノアに言われた通り、フロアの奥にある小さなステージに立つ。

するとノアは、佳織を示しながら声を張り上げた。

「お待たせしました、待望の写真撮影タ～イムなのです！　可愛いメイドさんとの写真撮影、一回五〇〇えんなのです～！」

「のののののノアさん⁉」

「おお、写真撮影お願いします！」

「俺も、俺も！」

「あわわわわ、あっという間に列ができてしまいました⁉」

「わぁい、まいどあり～なのです！　ちなみに仲介料として、ノアが二割いただくのです☆」

佳織の元に、写真撮影を希望する人たちが一気に殺到する。

「あの、一緒に手でハートを作って下さい！」

「はい！　ええと、こ、こうですかっ？」

「私は指ハートでお願いします！」

「指ハート……？　すみません、どうやるのか教えていただけますか？」

　写真撮影に慣れていない初々《ういうい》しさが余計に人気に拍車を掛け、さらに佳織が一人一人に対してとても丁寧に対応するため、それを見て希望者が増えていく。

　すっかりＡＩ搭載ロボットとして受け入れられているスミマルが、腕を組んでうんうんと頷いた。

「やっぱり佳織の魅力はたくさんの人を魅了するマルね。これでこそパーフェクトピュアプリンセスに相応《ふさわ》しいマル」

　そして最終的に、店内にいる客全員が佳織との写真を撮ったのであった。

「はあ、はあ、やっと列が途切れました……さあ、通常の業務に戻らなくては……」

　ホールに戻っていく佳織を、ノアはほくほくと見送った。

「いやぁ、たんまり稼げたのです、さすがは佳織さんなのです！　あっ、そういえば、オムライスに絵を描《か》くサービスもアニメで見たのです！　単価も高いし、ノアが自分でやればもうけを総取りなのです、いひひ！　よーし、がんがん稼ぐぞ～！」

　ノアは新たな看板を作り、高々と掲げる。

「お次はきゅんきゅんオムライス・タ～イム！　お絵かきオムライス一五〇〇えんなのです～！　オムライスは『もえもえキュン♡』のサービス付きなのですよ～！」

「わあ、お絵かきオムライスお願いしまーす！」

「こっちも！」

元気な呼び込みが客の心を摑《つか》み、次々に注文が入る。

「お待たせしました、きゅんきゅんオムライスなのです！　それじゃあ、ノアが絵を描いてあげるのです！」

ノアは鼻歌をうたいながら、オムライスの上に絵を描いていく。

「ふう、できたのです！　見て下さい、この可愛いねこちゃ——」

「きゃあ、可愛い豚さんっ♡」

「ほあ？」

女性客が、オムライスに描かれたなんとも味のある四足動物を見て目を輝かせた。

「こんな可愛い豚さん、初めて見ました！」

「そ……そうなのです！　もちろんそれは、立派なイベリコ豚なのです！　えっへん！」

慌ててふんぞり返るノアに、スミマルがツッコむ。

「ノア、絵心なさすぎマル」

「うるさいのですっ！　……って、大事なことを忘れていたのです！　それでは仕上げに——もえもえ、きゅんっ！　なのです！」

「きゃっ、可愛《かわい》い～♡」

ノアが手でハートを作ってウインクすると、女性客たちが歓声を上げた。

味のある絵は大人気になり、注文が殺到する。

「すみません、お絵かきオムライス三つ下さい！　ちゃんと完食するので！」

「こっちは五つ！」

「かしこまり、なのですっ！」

佳織《かおり》とノアの活躍によって、店内がさらに活気を帯びていく。

普段はクールな雪音も、しきりと感心していた。

「佳織の接客は完璧だし、ノアには商才がある。このままバイトとして入ってほしいくらい」

そんな中、佳織は心を込めて対応しつつも、スミマルを振り返った。

「あ、あの、スミマルさん、本当にこんなことをしていていいのでしょうか!?　魔法少女としての任務は——」

「うふふ、このアングル、最高マル～」

佳織の視界に飛び込んできたのは、床に寝そべってメイドのスカートを覗《のぞ》き込もうとしているスミマルの姿であった。

「何をしているのですかスミマルさん!?」

「ひょお!? ななな何もしてないマル！ ただ佳織とノアが気持ちよくメイドさん業に邁進《まいしん》できるように、床をきれいにお掃除していただけマルよ〜、うふふ！ ……こほん。デビパチについては、ボクがちゃんと気配を探っているから大丈夫マル！ それに、たくさんの人を幸せにするのも、魔法少女の大事なお仕事マルよ！」

「そ、そうなのですね！」

「まあ、今思いついた方便マルけど！」

「方便なんですか!?」

「さあ、ボクは引き続き床をぴかぴかに磨くマル〜！ お掃除妖精スミマル様のお通りマルよ〜、うふふふ〜♪」

「め、メイドさんたちやお客様にご迷惑をお掛けしなければいいのですが……」

一抹の不安を残しつつも、佳織は忙しくフロアを飛び回った。

「ああ、なんという優しさとホスピタリティだ！」

「こんな幸せな気持ちになれたのは久しぶりだ、うう、感動して涙が……」

一人一人に笑顔で対応し、一生懸命働く姿に、ついには感涙する客まで出はじめる。

「さすが佳織さん、すさまじいお嬢様力なのです！　ビルの外まで行列ができているのですよ！」

「ええ⁉」

雪音《ゆきね》も頷《うなず》いた。

「こんなことは初めて。店長も大喜びで、どんどん盛り上げてほしいと言っている」

「ですが、一体どうしてこんなことに⁉　さすがに急に増えすぎでは……⁉」

雪音がスマホの画面を見せる。

「これ。ＳＮＳでバズってる」

「こ、これは私ですか⁉」

ＳＮＳで、佳織が働く姿が話題になっていた。

このメイド喫茶は店内撮影ＯＫなため、客が佳織の動画や画像を投稿し、一気に広まったのだ。

「ひゃっほーう！　さすがなのです、佳織さん！　これでお客さんが増えて、売り上げもがっぽがっぽ！　報酬《インセンティブ》が楽しみなのです～！」

そうこうしている間にも、評判が評判を呼び、客が増えていく。

「わあ、忙しくなってきたのです！　どんどん稼ぐぞ～！」

「うう、本来の目的を忘れているような……⁉」

そんな懸念《けねん》はありつつも、大盛況のフロアを切り盛りしていた、その時だった。

それまでほのぼのと楽しんでいた男性客が、通りかかったメイドに声を掛ける。

「すみません、オムライスを一つお願いします」

「はい、かしこまりました」

「それと、ドリンクも……――うっ⁉」

言葉半ばに、客ががくっと脱力した。

「お、お客さま⁉　どうされましたか⁉」

メイドが心配する中、客がゆらりと顔を上げた。

淀《よど》んだ目が不気味に光る。

そして、

「いやぁ、可愛いメイドさんだなぁ～。僕のお膝の上に乗っておくれよ～」

メイドに向かって、突然無茶な要求をし始めたのだ。

「えっ⁉　す、すみません、そういうサービスはちょっと……」

「じゃあ太ももを触らせてよ。少しだけでいいからさ～」

「や、やめてください！　急にどうされたんですか……!?」

メイドは怯《おび》えて後ずさる。

すると、その客は突然激昂《げきこう》した。

「チッ、なんだ、客の言うことが聞けねぇのか!?」

「きゃああ!?」

「こんな店、めちゃくちゃにしてやる！」

男は叫ぶなり、椅子を手にして暴れ始めた。

「いやあああ!?」

「お客さま、落ち着いてください……！」

「みんな、離れて」

雪音が冷静に、メイドや他の客たちを誘導して距離を取らせた。

男はなおも暴れ続ける。

「メイドなら言うことを聞け！　オムライスをあ～んして食べさせろ！　膝枕をしろ！　耳かきをしろ～！」

佳織とノアは目を瞠《みは》った。

「こ、これは一体……!?」

「あのお客さん、さっきまで優しかったのに、急に暴れはじめたのです……！」

突然豹変《ひょうへん》した客に、雪音も驚いている。

「おかしい。あの人は常連で、いつもとても穏やかで優しい。あんなことは絶対にしないはず」

「うう～膝枕～……」

男性客のうつろな目がホールを彷徨《さまよ》い、ふと佳織を捉えた。

「うおおおお～、そこの君っ！」

「は、はいっ⁉」

「ひと目見た時から虜《とりこ》で、ずっと接客してほしかったんだ！　膝枕をしてくれ～～～！」

「きゃあああああ⁉」

勢いよく突進してくる男に、佳織が悲鳴を上げる。

しかし、男が向かう進路上。

床に、スミマルが這《は》いつくばっていた。

「うふふふ、もうちょっとで桃源郷が見えそうマル～。ピンク、いや白もいいマルな～」

……（ぐにゅ！）ぶえええええええ⁉」

「うぎゃあああああ⁉」

どがしゃあああああん！

スミマルを踏んで足を滑らせた男が、椅子を巻き込みながら派手に転ぶ。

「オワ――!?　大惨事なのです！　っていうか、スミマル、お前この一大事に何をしてやがるのですか!?」

「や、やましいことは何もしてないマル！　ボクはただ守護妖精として、床掃除ついでにメイドさんたちのスカートの中も見守ろうとしていただけマル！」

「出ていけなのです変態イカ！」

「うう、う……」

男は、全身をしたたかに打ち付けて悶《もだ》えている。

その背中を見て、佳織は目を瞠った。

「あっ、あれは――デビパチさんです！」

客の背中に、黒いタコが張り付いていたのだ。

「大変なのです！　あのお客さん、デビパチに寄生されているのです！」

「デビパチさんはそんなこともできるのですか!?」

「はい、あれは人に取り憑《つ》いて欲望を増幅させるタイプのデビパチなのです！　デビパチを引き剝がせば、あの人も元に戻るのです！」

スミマルが、足跡の刻まれた顔をキリリと引き締める。

「二人とも、変身マル！」

「わ、分かりました！」

「任せるのです！」

佳織はステッキを取り出し——はっと周囲を見回す。

「あのっ、ここで変身したら、みなさんに私が魔法少女だとバレてしまうのでは⁉」

「大丈夫マル、一応！　魔法少女のコスチュームには認識阻害機能が付いているマルよ、一応！　魔法少女を見ている人は、それが佳織だということが分からなくなるマル、一応！」

「そ、そうですか、それなら安心ですね。……一応⁉」

「時間がないのです、佳織さん！　さあ、声を合わせて！」

「は、はいっ！」

恥ずかしさを振り払い、ステッキを掲げる。

ノアが力強く吠《ほ》えた。

「いくのです！　《キラキラ輝く七色の……》、あれ？　えーと、何でしたっけ？　久しぶりなので忘れちゃったのです～」

「《キラキラ輝く七色の世界！　パーフェクトピュアプリンセス、ドレスアップ！》ですよ、ノアさん」

「あ、なるほどなのです～」

その瞬間、眩《まばゆ》い光がフロアを埋め尽くし、二人は魔法少女のコスチュームに変身していた。

「い、今ので変身できちゃいました……!?」

「まあ、結果オーライなのです！」

「なっ!?　あ、あれは……!?」

「もしかして、魔法少女!?」

突如としてフロアに舞い降りた華麗なる魔法少女に、客たちが驚愕《きょうがく》の声を上げる。

「すごい。急に魔法少女が現れた」

さすがの雪音も驚いている。

「うう、やっぱり恥ずかしいです～……！」

「うふふ、いいマルよ～、とってもキュートマルよ～」

「大丈夫なのです佳織《かおり》さん、胸を張って！」

「ノアさん……そ、そうですよね、デビパチさんをやっつけて平和を守るのが、私たちの使命！　弱音なんて吐いている場合では――」

「恥ずかしくなくなるのも時間の問題なのです！　何ならその内、見られることが気持ちよくなってくるのです！」

「それはいいんでしょうか⁉」

賑《にぎ》やかな中、デビパチに寄生された男が、ゆらりと立ち上がる。

「魔法少女、だとォ……？」

低く呻《うめ》く男に向かって、佳織はびしりと指を突きつけた。

「メイド喫茶は、マナーを守ってご利用ください！　それができない悪い子は、お仕置きですよっ！」

「ひゃっほう、可愛《かわい》い魔法少女のお仕置き万歳～！」

「きゃあ⁉」

男が勢いよく飛び掛かってくる。

思わず避けると、男はテーブルに頭から突っ込んだ。

食器が割れて水や紅茶がぶちまけられる。

「うおおお、サービスだ、もっと過激なサービスをしろおおおお！」

客は逃げる佳織を追って猪《いのしし》のごとく突っ込んでは暴れまくる。

「だめマル、すっかり興奮していて隙がないマル！」

「お客さんに危害を加えるわけにもいきませんし、一体どうやってデビパチさんを引き剝がせば……！」

焦《あせ》る佳織に、ノアが声を張った。

「ノアにいいアイデアがあるのです！」

「ノアさん⁉　アイデアとは……⁉」

「ノアは触れた物に魔法を掛けて、一時的に魔法道具にすることができるのです！」

「あっ……！」

佳織は、初めてノアと出会った時のことを思い出していた。

「もしかして、以前テニスのラケットを魔法道具にしたようにですか⁉」

「その通りなのです！　例えば、ええと、ええと、あっ、これでいいのです！　これをこうして――」

「それは……ケチャップ⁉」

「きゃああああ⁉」

ノアは手近にあったケチャップを摑《つか》むと、力を送り込んだ。

「『汝《なんじ》、内なる輝きよ、我が祈りによって魔法の力をいま授け……』以下省略！　でりゃあああ～～～！」

「それでいいんですね⁉」

キュイイイイイイン！

たちまち、ケチャップが七色の光を帯びる。

「す、すごいです、ケチャップが神秘的な光を放って……！」

驚く佳織に、ノアがドヤ顔で魔法のケチャップを差し出す。

「さあ佳織さん、これでデビパチを引き剝がすのです！」

「このケチャップで⁉　どうやってですか⁉」

「……えっ？」

「えっ⁉」

「……正直、何も考えずに魔法道具化しちゃったのです！」

「えええええ⁉」

「大丈夫マル、佳織ならなんとかなるマル！」

「そうなのです！　いっちょよろしくお願いしますなのです！」

「な、なんとかって……!?」

その時、デビパチに寄生された男が、再び佳織に狙いを定めて突進してきた。

「うおおおお、もえもえきゅんしろ、魔法少女～～～～！」

「あわわわ!?　どどどうしましょう……！　と、とりあえず、このケチャップにプリズムパワーを込めて浴びせればいいのでしょうか!?」

ケチャップを構える佳織に、スミマルが叫ぶ。

「プリズムパワーだけじゃダメマル、佳織！　ここで培《つちか》ったメイドさんパワーも込めるマル！」

「えっ!?　め、メイドさんパワーとは!?」

「メイドさんに必要なのは、お淑《しと》やかさと上品さと凛《りん》とした佇《たたず》まいと強さと優しさ……メイドさんとして多くのお客さんを笑顔にした佳織には、もうその力が備わっているマル！　渾身《こんしん》のもえもえ☆キュンでぶっ放すマルよ！」

「そ、そうなんですか!?　やってみます！」

「いや絶対スミマルが見たいだけなのです」

佳織はケチャップに力を流し込む。

「はあああ～～～っ……もえもえ☆キュン――――――！」

刹那、ケチャップから虹色のビームが迸《ほとばし》り、男の顔を直撃した。

ズバアアアアアアアアアッ！

「ぶべべべべばばばばばば⁉」

「きゃあああああ⁉　すみませんすみません⁉　思ったより威力が……！」

「あわわわわ、全身ケチャップまみれで大惨事なのです……！」

「わぁい、佳織のもえもえキュン、とっても可愛いマル～！」

「あ、あら？　デビパチさんが……！」

「ギャギャギャギャ⁉」

プリズムパワーが込められたケチャップを全身に浴びて、デビパチがたまらず男から剝がれた。

寄生されていた男が我に返り、辺りを見回す。

「んっ⁉　な、なんだ？　僕は何をしていたんだ？」

「やったマル！　デビパチが剝がれて、正気に戻ったマル！」

「さすが佳織さんなのです！」

「そ、そんなつもりではなかったのですが……！」

「ようし、あとはデビパチを浄化すれば――」

ノアの言葉半ばに、雪音《ゆきね》が冷静に店の出口を指さす。

「あっち。変なタコが逃げようとしてる」

「ギャギャギャギャ！」

見ると、デビパチが扉を目指してまっしぐらに突進していた。

「た、大変です、デビパチさんが外に出てしまいます！」

「オワー⁉　待つのです！」

ノアは手近にあった紅茶ポットに魔法を込める。

「『汝、内なる輝きよ、魔法の力を授けるよ』っ！　でりゃああああああ～～っ！」

「そんなに省略できちゃうんですね⁉」

ポットが光ったかと思うとみるみる膨らみ、巨大な水鉄砲へと形を変える。

「紅茶ポットが水鉄砲に⁉」

「さあ、こいつに佳織さんのプリズムパワーを込めて、めいっぱい浴びせちゃってくださ
い！」

「メイドさんパワーも忘れずに込めるマルよ！」

「は、はいっ！」

佳織は水鉄砲を受け取ると、逃げようとしているデビパチに向けて構えた。

「メイドさんに大切なのは、お淑やかさと上品さと凜とした佇まいと強さと優しさ、ですっ……！」

メイド喫茶で学んだものを思い出しながら、力を込める。

ゴオオオオオオオオオオオオオオオ……！

水鉄砲に、みるみる魔法のお茶が充塡されていく。

「す、すごいマル！　なんて量マル……!?」

「それに、あの凄《すさ》まじい輝き……！　佳織さんのプリズムパワーとメイドさんパワー、底知れないのです……！」

「行くマル、佳織！　ヤツにありったけのメイドさんパワーを叩《たた》き付けてやるマル！」

佳織は水鉄砲をデビパチに向けると、一気に放射した。

「お待たせしました、ご主人様！　当店自慢の《スペシャルブレンド・キャノン》ですっ！」

ドバシャアアアアアアアアアアアアッ！

「ギャギャギャギャ～～～～～～!?」

「オワ――――!?　な、なんて凄まじいプリズムパワーなのです――――っ!?」

光の奔流が渦を巻く。

やがて魔法のお茶が尽き、後には水浸しのデビパチが残された。

その身体《からだ》から黒い霞《かすみ》が抜け、すぅっと虹色に変わる。

「ギャ、ギャ……」

「あっ、デビパチさんが虹色に変わりました！」

「浄化が成功したのです！」

「あとはボクに任せて！　シャイニー・たこ壺《つぼ》で回収するマル！　オラオラ～～～～！」

スミマルは空中からたこ壺を出すと、デビパチに向けた。

「ギャギャ～～～～!?」

風がデビパチを吸い寄せ、すぽんとたこ壺に収納する。

「よ～し、今日の任務完了マル！」

「わあ、やったのです！」

「ふう、なんとかなりました」

佳織《かおり》はほっと息を吐き——すると、割れたカップや壊れた椅子が修復され始めた。

「えっ⁉　こ、壊れた物が修復されていきます⁉」

「デビパチの回収が完了すると、そのデビパチによる損害は魔法の力で元に戻るマル！

……まあ、完全ではないマルけどね」

スミマルの言うとおり、床には水やお茶がこぼれたままになっていた。

「でも、お店への損害も少なくて良かったです。あのお客さんは、デビパチさんに操られていただけですもんね」

佳織は胸をなで下ろす。

その時、一部始終を見守っていた店内の人たちから、歓声と拍手が巻き起こった。

「すごいぞ！　あの子たちが、たぶん元凶っぽいタコみたいなやつを倒したってことだよな⁉」

「なんて勇敢なの⁉　本当にありがとう！」

「き、ききき君たち、もしかして魔法少女っていうやつかい⁉　とっても強いんだねぇ！

それに可憐《かれん》だ！」

「助かったわ、ありがとう！」

「とっても強くて可愛《かわい》くて、ファンになっちゃった！」

「これからもがんばって、応援するわ！」

二人は賞賛と感謝の嵐を受けて、嬉《うれ》しさと気恥ずかしさに頬を染めた。

「えへへへ、それほどでもあるのです～」

「お、お力になれて良かったです！」

その光景を見て、スミマルは感動に打ち震えた。

「うう、こんなに感謝されるのは初めてマル！　ノア一人だと、ドジやってばかりだったから……！」

「むっ、うるさいのです！　変態イカに言われたくないのです！」

「こっちこそ、万年極貧役立たずのへっぽこ魔法少女に言われたくないマル～！」

「カッチーン！　ノアが貧乏なのは半分はスミマルのせいなのですが～～～⁉　もう許さねぇのです～～～！」

「あ、あの、お二人とも、喧嘩《けんか》はやめてください……！」

佳織が取っ組み合いを始めるノアたちを止めようとしていると、不意に雪音が佳織に声を掛けた。

「ありがとう、魔法少女。助かった」

「あっ、雪音さん！　ご無事で良かったです」

「？　なんで私の名前を知ってるの？」

「あっ、そ、それは……――」

「そういえば、あなたは私の知り合いに似ている気がする。ひょっとして……――」

何かに気付いたような雪音に、佳織が「あわわわ……!?」と焦《あせ》った、その時、

「ふふん！　ノアなんてドジだし寝ぼすけだしお金にだらしないし、ボクよりよっぽどタチが悪いマルよ～！」

「むぎいいいい！　自分ばっかり棚にあげやがって、もう堪忍袋《かんにんぶくろ》の緒が切れたのです！食らえ、鉄拳制裁～～～～～！（ベチ――――ン！）」

「ぶえええええええ!?」

ノアに平手打ちされたスミマルが、床の水たまりに勢いよく突っ込んだ。

ばしゃあああん！

「きゃあ!?」

跳ね上がった大量の水が、佳織とノア、そして雪音に掛かる。

「オワー!?　何してくれるのですか――!?」

「ボクのせいじゃないマル、ノアのせいマル！」

「だ、大丈夫ですか、雪音さん」

「すごい。びしょ濡《ぬ》れ」

「良ければこのハンカチを――って、ひゃあああ⁉　ふ、服が透けちゃってます〜……！」

　三人の濡れたコスチュームがぴったりと張り付き、下着が露《あら》わになってしまっていた。

「は、は、恥ずかしいです〜っ！」

「ん。これは想定外」

「オワ――⁉　スミマル、何とかしろなのです〜〜〜！」

「うふふふ、眼福マル〜！　イカ型妖精は転んでもタダでは起きないマルよ！」

「いいからすぐに元の服に戻すのです〜っ！」

　三人は透けた下着を隠しつつ、裏へと駆け込んだのであった。

＊＊＊

「ふう、びっくりしましたね」

　雪音が先に予備のメイド服に着替え終えて、フロアに戻った後。

佳織とノアも変身を解き、再び臨時バイトのメイドとしてフロアに足を踏み入れた。

そんな二人に、店員たちが駆け寄る。

「あっ、二人とも、どこに行ってたの？　さっきまで魔法少女がいて、タコと戦ってすごかったんだよ！」

「とっても可愛い子たちだったの。名前を聞きたかったなぁ」

「え、ええっ⁉　そ、そんなことが、あったんですかぁー⁉」

「佳織さん、演技が下手なのです……」

魔法少女の話で持ちきりの店内を見て、佳織はほっと息を吐く。

「良かったです、私たちの正体はバレていないようですね」

「佳織」

名前を呼ばれて振り返ると、雪音が立っていた。

感情の分からない目で、じっと佳織の顔を覗《のぞ》き込んでいる。

「雪音さん、どうかしましたか？」

「……あの魔法少女、佳織に似てた」

「そ⁉　そそそそんなまさか、きききき気のせいですよっ！　私があんな恥ずかしい格好するわけがないじゃないですか！」

「ん。言われてみればそう。あんな恥ずかしすぎる格好、私はできない。佳織もたぶんしないはず」

「う、ううう〜っ……！」

佳織は何も言えずに赤面するしかないのであった。

一方、デビパチに寄生されていた客は平謝りしていた。

「本当にすみません！　暴れていた時の記憶がなくて……僕はなぜあんなことを……！」

「大丈夫ですよ、それよりお怪我《けが》はないですか？」

「なんだかよく分からないけど、あのタコのせいだったんだろ？」

「同じ客として、気持ちは分かるぜ。メイドさんに膝枕されたいよな」

「ん。あなたがいい人だということは、みんな分かっている。気にせずにまた来てほしい」

「うう、ありがとうございますぅ……！」

デビパチに取り憑《つ》かれた客は明らかに様子が変だったため不問となり、むしろメイドや他の客たちと親睦を深めていたのであった。

そしてメイド喫茶は無事に営業を再開し、夕方になり、臨時バイトは終わることになった。

「今日はありがとう。これ、店長から。今日の報酬」

「うひゃああ！　これでやっともやし以外の物が食べられるのです～！」

雪音《ゆきね》から報酬を受け取ったノアは、大喜びでジャンプする。

佳織は雪音に頭を下げた。

「本当にお世話になりました。バイト、がんばってくださいね」

「ん。気が向いたら、また働きにきて。いつでも待ってる」

「はい」

「さようならなのです～！」

メイド喫茶を出て、帰路につく。

「それにしても、あんなに簡単にデビパチを浄化しちゃうなんて、やっぱり佳織さんはすごいのです！」

「あ、ありがとうございます。でも本当に、色々なデビパチさんがいるんですね。まさか人に取り憑くなんて……」

「はい！　今回のタイプのデビパチは、干すとさらに味が濃くなってとってもおいしいと大人気なのです！」

ご機嫌のノアの横で、スミマルも触手《て》を擦り合わせる。

「普通に食べてもおいしいマルが、プリズムウォーターで一杯やるのに最高マルな～」

「プリズムウォーターというのは何でしょうか？　魔法の国のお酒みたいなものですか？」

「お酒じゃないマル！　飲むとちょっと陽気になって血行と気分が良くなる、魔法のお水マルよ！」

「ええと、やっぱりお酒のような……？」

「とにかく、このデビパチは魔法の国で高く売れるのです～！　今日は大もうけなのです～～！」

「これで借金完済に一歩近付いたマルね～！」

「それは良かったです。けれど……あの、雪音さんに、私の正体がバレていた気がするのですが……？」

スミマルがぺろりと舌を出す。

「うーん。正直、認識阻害機能がどこまで有効かは分からないマル☆」

「ええ⁉」

「大丈夫なのです、たとえ正体がバレても、佳織さんの魅力が増すだけなのです！」

「そ、それは困ります～……！」

涙目になる佳織《かおり》だが、ノアはすっかり他人事《ひとごと》で、バイト代の入った封筒に頬ずりしている。

「うひひひ、そんなことよりも、今日はたくさんがんばったので、いくら入ってるか楽しみなのです！　きっと大金なのです！　奮発してうなぎとか買っちゃおうかな〜、ケーキも食べたいのです〜」

ノアはうきうきしながら封筒をひっくり返し——ころん、と十円玉が転がり出た。

「あぇ？」

封筒を逆さに振るが、それ以外に何も出てこない。

「こ、これだけなのです⁉」

「私も十円玉一枚です……」

目を剝《む》くノアの隣で、佳織も小首を傾《かし》げている。

「なななななんでなのですっ⁉　写真撮影とかお絵かきオムライスとか、あんなに大人気だったのに……⁉」

佳織がふと、封筒の中のメモに気付いた。

「あら？　メモが入っていますね。ええと……『君たちの持ち込んだイカ型ロボットが吐き出した粘液で、床がべとべとになったから、お給料から弁償金を引いておきました。b y店長』……だそうです」

「……はえ？」

呆然《ぼうぜん》とするノアの背後で、スミマルがぺろりと舌を出す。

「そういえば床掃除中に張り切りすぎて、ちょっと粘液が漏れちゃった気がするマル☆」

「うおおおおおおおい何してくれてるのですか⁉」

ノアは十円玉を握りしめてぴゃんぴゃんと泣きわめく。

「あーん、これじゃもやしも買えねぇのです～！　あんなにがんばったのに、骨折り損のくたびれもうけなのです～～～！　ぴえええええ！」

「の、ノアさん、元気を出してください……そうだ！　もうすぐおなかいっぱい食べられますよ！」

「ほえ？」

佳織はきょとんとするノアに、笑顔で告げた。

「実は、入学手続きが終わったんです！　休み明けから、王星《おうせい》学園に通えますよ！」

「わあ、やったのです！　これでノアも学生デビューなのですー！　……でも、なんで学園に入学すると、おなかがいっぱいになるのですか？」

「王星学園の食堂は、とてもメニューが豊富なのですが、その中でも学生日替わりランチは、なんと無料で食べられるんです」

「うおおおおおおおお!? 王星学園すごいのです！　ありがとうなのです佳織さん、いえ佳織様！　靴を舐《な》めますぺろぺろぺろ〜〜〜！」

「の、ノアさん、それは本当にもういいですから〜〜〜！」

ノアは先程まで意気消沈していたことも忘れてスキップする。

「わぁい、日替わりランチ、楽しみなのです！　早く明後日《あさって》にならないかなー！」

「ふふ。どんな学校生活になるのか、楽しみですね」

「ボクも合法的にJKの学舎に侵入し放題だなんて、うはうはマル〜！」

「うおおお、よからぬことを企《たくら》むななのです！　変態行為は厳禁なのですよッ！」

夕暮れの街に、賑《にぎ》やかな声が響く。

こうして、佳織の正式な魔法少女としての初出動と、臨時メイドとしての慌ただしい一日は、ようやく幕を下ろしたのであった。

陸上選手　風間《かざま》楓《かえで》

「うーん、とてもいい天気ですね」

王星学園の昼休み。

抜けるような青空に誘《いざな》われて中庭に出た佳織は、大きく伸びをした。

中庭では、昼食を終えた生徒たちが和やかに語らったり、散歩などの軽い運動を楽しんでいる。

キーホルダーに擬態して佳織にくっついているスミマルが、でれでれと目尻を下げた。

「いやぁ、本当にいい学校マルな～。可愛《かわ》い子ちゃんがいっぱいで――いや、景色がきれいで、心が洗われるマル～」

「はい、風が気持ちいいですね。……それにしても、ノアさん、大丈夫でしょうか」

佳織はふと、ノアがいるであろう中等部の方角を見遣《みや》った。

今日はノアの初登校日で、朝からずっと気に掛けていたのだ。

「何も問題が起きてなければいいのですが……少し様子を見に行ってみましょうか――」

佳織が言いかけた、その時。

「うう……佳織さん、助けてくださいなのです……」

悲痛な声に驚いて振り返る。

真っ青な顔をしたノアが、腹を押さえていた。

「の、ノアさん⁉　どうなさったのですか⁉」

「うぐぐ……学食で日替わりランチをおかわりしすぎて……お腹《なか》が痛くて、もう一歩も動けないのです……」

「馬鹿マルか?」

「い、いま保健室から胃薬を持ってきますね!」

佳織が急いで持ってきた胃薬を飲むと、ノアはたちまち回復した。

「ふぁ～!　びっくりしたのです!」

「な、治って良かったです」

「まったく、入学して早々何をやってるマルか」

すっかり顔色の良くなったノアは、スミマルの呆《あき》れ声を無視して、制服を自慢するようにくるりと回った。

「ところで、この制服、どうなのですっ?」

「とっても可愛《かわい》いです、似合ってますよ」

「ふぅん。なかなか様になってるマル。馬子にも衣装マルなぁ」

「ノアは孫じゃないのです！」

「それで、クラスの方はいかがでしたか？」

　佳織は気を遣いつつ尋ねた。

　ノアが馴染《なじ》めるか、少し心配していたのだ。

　しかしノアは嬉《うれ》しそうに胸を張る。

「みんないい人たちばっかりなのです！　自己紹介も上手にできたのですよ。プリズムワンダーランドから来たって言ったら、びっくりしてたのです！」

「正直に言ってしまったんですか⁉」

「もちろんなのです！　みんな『す、すごいね！』『わ、わあ、アイドルみたいだねっ！』ってちやほやしてくれたのです！」

「そういう設定だと思われてるマルな」

「その後、プリズムワンダーランドがどんな所なのか説明しようとしたのですが、『の、ノアちゃん、転校してきたばっかりで疲れてるよね！』『そうだよ、あんまり聞いても悪いよ！』って、優しく労《いたわ》ってくれたのです！」

「にゅ、入学して早々、気を遣われてしまっていますね……」

「とりあえずみんないい子そうで良かったマルな」

ノアは嬉しそうにしていたが、ふと時計を見上げて跳び上がった。

「いけない！　クラスの子が、学校を案内してくれる約束なのです！」

自分の教室に戻ろうとして、何かに気付いて振り返る。

「あ、そういえばクラスの子に聞いたのですが、佳織さんは王星学園の生徒会役員さんなのですよね！」

「ええ、そうですよ」

「すごいのです！　ノアも、今は『佳織さんの妹さんのお友だち』という設定なのです！　その立場に恥じないように、この学園で存在感を示してやるのです！」

「あ、あまり張り切らなくて大丈夫ですよ！」

「ろくでもないことをしでかしそうマルな～」

「うおおおお～～～、やるぞ～～～～～なのです！」

元気に走り去るノアを見て、佳織は眉を下げる。

「ノアさん、とてもやる気みたいですが、大丈夫でしょうか……変なことにならなければいいのですが……」

「大丈夫マル！　ノアにはボクからしっかりアドバイスをするから、心配ないマル！」

「そ、それもかえって心配のような……？」

ともあれ、こうして王星学園に新たな風が舞い込んだのであった。

＊＊＊

「ここのところ、デビパチさんも出なくて平和ですね」

「いいことマル。おかげでゆっくりマンガやアニメを楽しめるマル～！」

ある日の放課後、佳織はキーホルダーのふりをしているスミマルと共に、学校の廊下を歩いていた。

今日もノアと一緒に帰る約束をしており、中等部に迎えに行く途中なのだ。

「スミマルさんは、どんな作品がお好きなんですか？」

「何でも見るマル！　中でも、女の子たちがたくさん出てくるファンタジーものは、やっぱり見応えがあるマルな～。今特にハマっているアニメは、可愛い女の子がいっぱい登場して、バトルも熱くて最高マル！」

スミマルは熱心に語りながらも、部活に向かうらしき女生徒とすれ違う度に、ユニフォーム姿を舐めるように見ている。

「うふふふ、今すれ違った子たち、とっても可愛いマル！　あのふりふりのスカート、たまらないマルなぁ～」

「あれはテニス部さんのユニフォームですね」

「う～ん、プリティーで最高マル～。あっ、あの子はバスケ部マルか？　あっちの子たちはバレー部にバドミントン部！　可愛い女の子が勢揃《せいぞろ》い——いや、色んな部活があるマルなぁ！　眼福、眼福マル～！」

「王星学園にはたくさんの部活があって、運動部の他にも、グラスアート部や映画研究部、ゲーム部なんかもありますよ」

「ゲーム部⁉　それはぜひ入部したいマル～！　——って、あの部屋からユニフォーム姿の女の子がたくさん出てくるマル！　もしかして……女子更衣室マルか⁉　大変マル、パトロールの必要を感じるマル！　これは守護妖精としての使命マル、学園の平和を守るために仕方ないマル！　突入マル～！」

「だ、ダメですよ、スミマルさん～っ！」

佳織《かおり》が暴れるスミマルを押さえていると、ちょうど更衣室から出てきた女生徒たちの会話が聞こえてきた。

「ねえねえ、聞いた？　体育館裏の空き部室で、極上のマッサージをしてくれる子がいるんだって！」

「聞いたー！　中等部の女の子だっていう噂《うわさ》だけど、すっごく可愛いらしいね！」

「しかもそのマッサージ、嘘《うそ》みたいに筋肉がほぐれて、疲れが取れるんだって！」

「本当かなぁ？　もし本当なら、受けてみようかなっ」

「……中等部の女の子が、空き部室でマッサージ……？」

佳織が首を傾《かし》げ、スミマルがぎくりと顔を引きつらせる。

「あれ、ひょっとして……いやいやそんな、まさかマル……」

「どうかしましたか、スミマルさん？」

「な、なんでもないマル！」

「そうですか？　それにしても変ですね、空いている部屋を使う際は生徒会に申請が必要ですが、そんな申請はなかったはず……見に行ってみましょう」

「えっ!?　あっ、ま、待つマル、佳織～！」

生徒会役員である佳織には、校内の施設や備品が良からぬことに使われていないか監督する義務があった。

スミマルの制止も届かないまま、足早に体育館裏へと向かう。

「この先ですね」

佳織は急いで角を曲がり――

「いらっしゃい、いらっしゃい！　うさちゃんの極上マッサージ屋さんなのですよ～！」

そこには、バニーガール姿で呼び込みをするノアの姿があった。

「の、ノアさん⁉」

「あっ、佳織さん！」

ノアがぱっと顔を輝かせ、スミマルが頭を抱える。

「あちゃ～、やっぱりマル……！」

「な、何をしているのですか⁉　その格好は一体……⁉」

「ふっふっふ、見て下さい、最高のお仕事を見つけたのです！」

ノアはヒールで器用にくるんと回る。

頭にはうさ耳カチューシャを装着し、おしりには白いしっぽも着いていた。

「この格好でマッサージをして稼いで、今月のお家賃を払うのです！」

「だ、だめですよ、そんな破廉恥なお仕事は……！」

「ほえ？　でもスミマルが、うさちゃんの格好でマッサージをすれば、がっぽがっぽ儲《もう》かるって言ってたのです」

「そうなんですか、スミマルさん⁉」

しかしスミマルは半眼でノアを見遣《みや》る。

「いや、確かに言ったマルが、あんなのジョークに決まってるマル」

「ええっ、そうだったのですか⁉　めちゃくちゃ信じちゃったのですが⁉」

「まさかそんな恥ずかしい格好、本気でやると思ってなかったマル……神聖な学舎でバニーガールの格好をしてマッサージをするとか、信じられないマル、明らかにヤバい奴《やつ》マル……」

「お、お前がやるといいと言ったから～～～！　この裏切り者ォォォ～～～～！」

がくがくとスミマルを揺さぶるノアに、佳織は優しく声を掛けた。

「というか、家賃ならご相談くだされば私がお支払い――あ、魔法少女規則で禁止されているんでしたっけ」

「うう、そうなのです。特に今月は大金を使ってしまって、とってもピンチなのです～」

「一体何に使ってしまったんですか？」

「公園で拾った雑誌の裏に、お金のお風呂《ふろ》に入っている男の人が『君も大金持ちにならないか？』ってシャンパンを飲んでいる広告が載っていて……お金を払えば、大金持ちになれる秘訣《ひけつ》を教えてくれるというので振り込んだのですが、全然音沙汰がないのです……」

「それ騙《だま》されてませんか⁉」

「そんなうまい話があるわけないマル」

ノアはうさ耳の付いた頭を力強く擡《もた》げた。

「とにかくもう、どんな手を使っても稼ぐしかないのです！　実際にこのマッサージ屋さんを始めてみたら、なんとお礼にお菓子をくれる人や、中にはお駄賃をくれる人がいたのです！　この前なんか、百えん玉を三枚ももらっちゃったのです～！」

「お、思ったより稼げていないような……？」

「それに、運動前にノアのマッサージを受けると、めちゃめちゃ筋肉がほぐれると評判なのです！　ノアは儲かって、みなさんは癒やされて、一石二鳥！　そうだ、いつもお世話になっているお礼なのです、佳織さんもどうぞなのです！」

「えっ、いえ、私は――」

「慣れない魔法少女の活動で、きっとお疲れなのです！　さあ、遠慮せず中へ！」

断る暇もなく、佳織はあっという間に引きずり込まれていた。

中にはマットが敷かれていて、強引に横たえられる。

「きゃっ⁉」

「大丈夫なのです、安心してノアに身を任せてくださいなのです！」

「あ、あの、ノアさん、私はいいですから！　それよりも、こんなことをしては——ひゃん⁉」

「わあ、佳織さんの脚、とっても細くて綺麗《きれい》なのです！　それじゃあ始めるのです！」

ノアはそう言うと、黒タイツの上から佳織の脚を揉《も》み始めた。

「あ、あの、本当に大丈夫ですから——あっ……！」

「ひゃあ～！　この太もも、極上の揉み心地なのです！」

「あっ、や、やめてくださいっ……！」

「っていうか前から思っていたのですが、佳織さん、黒いタイツがとっても似合っているのです！　ここのラインとか、たまらないのです！」

「ふぁぁ……っ⁉」

「おわぁ、タイツの感触、すべすべしていて気持ちいいのです～！」

「ひゃ、ノアさん……っ！」

「うおおおおおおいいマルよいいマルよ～！　もっと大胆に～～～！」

気付くと妖精型に戻ったスミマルが、ファンシーなカメラであらゆるアングルから動画を撮っていた。

「す、スミマルさん、それは一体⁉」

「『マジカル何でも映すくん』マル！　低画質なのが玉に瑕《きず》マルが、記録した映像をマジカルクラウドに保存して、いつでも見ることができるマル！」

「や、やめてください～！」

「さあ佳織さん、いつも協力してもらっているお礼なのです、たっくさんサービスしちゃうのです～！」

「だめです、そんなところっ……んっ……！」

「うっひょおおおおおおおお！」

スミマルは興奮が限界を突破したのか、勢いよく教室を飛び出した。

「こいつはとんでもないお宝映像マル、なんとしても高画質で記録しなければ！　急いで映画研究部からカメラを拝借してくるマル──むぎゅ！」

「きゃあ⁉」

勢いよく飛び出したスミマルが、ちょうど通りかかった女生徒に踏まれた。

「ご、ごめんなさい、誰かのぬいぐるみを踏んじゃった！」

女生徒は、ぺちゃんこになったスミマルを拾ってあわあわと辺りを見回し──部室の中でノアに押し倒されている佳織に気付く。

「あれ？　佳織、何してるの？」

「あっ、か、楓《かえで》さん！」

それは、優夜《ゆうや》のクラスメイトの風間《かざま》楓であった。

ポニーテールに結んだ明るい色の髪に、活発そうな容姿。

すらりと伸びた健康的な手脚に対して、たわわな胸が目を引いた。

陸上部のユニフォームに身を包んでいるところを見ると、どうやら部室に道具を取りに来たらしい。

「あっ、もしかしてこのイカのぬいぐるみ、佳織のかな？　ごめんね、さっきそこで踏んじゃって……！」

「ええと、そのような、そうでないような……とにかく、ありがとうございます」

ようやくマッサージから解放された佳織は、ぬいぐるみのふりをしているスミマルを受け取って頭を下げた。

「あの、ところで、その子は……？」

楓の戸惑い気味な視線を受けて、バニーガール姿のノアはびしりと敬礼した。

「初めまして、ノアなのです！　佳織さんの妹さんの友人で、中等部に留学中なのです！」

「そうなんだ！　私は風間楓だよ。佳織《かおり》とはクラスは違うけど友だちなんだ。よろしくね」

「よろしくお願いしますなのです！」

楓は改めて不思議そうに首を傾げる。

「ところで、ノアちゃんのその格好は……？」

「はいっ、疲れた皆さんにマッサージをしているのです！　はちゃめちゃに筋肉がほぐれるって大評判なのです！」

「あ、それで佳織をマッサージしてたんだね」

佳織は立ち上がりながら、楓のユニフォーム姿を新鮮そうに見る。

「そういえば、楓さんは陸上部でしたね。これから練習ですか？」

「うん。今週末に陸上部の大会があって、短距離の選手として出場するんだ！」

「そうだったんですね。一年生で選手に選ばれるなんてすごいです！」

「えへへ、ありがとう。一生懸命練習してきたから、部活のみんなのためにも絶対にがんばりたくて……でも、ちょっと根を詰めすぎて、筋肉が張っちゃってて……部室にアイシングスプレーを取りに来たところなの」

楓はそう言って苦笑いし――ノアの目が使命感に燃え上がった。

「なんと！　大会を控えているというのに一大事なのです！　お任せください、今こそノアの出番なのです！　その筋肉、腕によりを掛けて揉みほぐしてみせるのです～！」

「えっ、えっ？」

「さあ、うつぶせになってくださいなのです！」

ノアは楓に抱き付いたかと思うと、マットの上に押し倒す。

「ひゃあ⁉　ノアちゃん、そんないきなり……」

「こ、これは――おしりがとても凝っているのです！　しっかり揉みほぐすのですっ！」

「きゃうっ⁉」

「くっ、やりがいがあるのです、さすがは身体《からだ》を酷使する陸上部！　でえええええい！」

「ひゃあああああ⁉」

「このもちもちのおしりめ～！　ごりごりいくのですよ！　うおおおおおお！」

「だ、だめ、ノアちゃん、やめてぇっ……！」

「あわわわ、大丈夫ですか、楓さん……！」

佳織がおろおろしている間に、いつの間にかスミマルがマッサージされる楓を至近距離から見つめていた。

「うふふ～可愛《かわい》いポニテ陸上部女子のおしりマッサージ、最高マル～！」

「ひゃあああ⁉　い、イカのぬいぐるみがしゃべったよ⁉」

「あ、えっと、実はＡＩ搭載型のぬいぐるみなんですっ！」

「そ、そうなんだ、最近のぬいぐるみってハイテクだね――ひゃっ、ノアちゃん……⁉」

「さあ楓さん、力を抜いて、ノアに身を――いや、おしりを任せてください～！　むぎぎぎぎぎ！」

「わあああ⁉　い、いたいよぅ～～～……！」

「の、ノアさん、ダメですってば～！」

「どんどん行くのですよ、おりゃ～～～！」

「いやぁぁぁぁあっ⁉」

「はあはあ、いいマルよ！　もっときわどく、思い切って――」

「スミマルさん、見ちゃダメですっ！」

「あ～～～～！　目を塞がれて何も見えないマル、離してマル～～～～～～！」


そして、数分後。

おしりをこれでもかというほど揉みほぐされて、楓はくたりとマットの上に横たわった。

「はあ、はあ……」

「ハッ⁉　すみません、気合いを入れてやりすぎちゃったのです……！」

「あわわわ、大丈夫ですか、楓さんっ」

「う、うん、なんとか――」

楓は佳織の手を借りて起き上がる。

その途端、大きな目を丸くした。

「あれっ？　足がすっごく軽くなってる⁉」

「ふふふ、どうだなのです！」

佳織も遅れて、自分の変化に気付く。

「そういえば、私も……いつもより動きやすいし、呼吸が楽です」

「すごいよ、ノアちゃん！　一体どこでこんな技術を？」

「ふっ。ノアは仕事でミスにミスを重ねまくり、魔法少女の先輩に尻ぬぐいをしてもらう度に、罰として腕がもげるほどマッサージをさせられていたのです。おかげでマッサージの腕は、プリズムワンダーランドいちなのです！」

「いや全然自慢することじゃないマル」

「こ、後輩にマッサージをさせるなんて、魔法少女って意外と体育会系なんですね……」

「わあ、本当に魔法みたい、羽が生えた気分だよ！」

楓は身体の感触を確かめるように飛び跳ねた。

そして感激しながら、ノアの両手を握る。

「ありがとう、おかげで新記録が出せそうだよ！　ノアちゃんは世界一のマッサージ屋さんだね！」

「へへっ。よせやい、なのです」

「あ、でもごめんね、今、お礼できるもの持ってなくて……」

「礼なんていいのです、ノアからの応援の気持ちなのです！」

「そっか……じゃあお言葉に甘えて、ありがとう！　いい結果を報告できるように、がんばるね！」

佳織も笑顔で楓に声を掛ける。

「応援してますね、楓さん！」

「うん、ありがとう佳織、ノアちゃん！」

楓は大きく手を振って去っていった。

佳織は微笑《ほほえ》みながら、爽やかなその背を見送る。

「楓さん、遅くまで練習している姿を何度も見かけました。いい成績が出せるといいですね」

「はい！　優しくて明るくて、とってもいい方だったのです！　がんばってほしいのです！」

「うふふふ、楓ちゃんが華麗にグラウンドを駆け抜ける姿、いつか見たいマルな～」

「はい。がんばった分、たくさん活躍できるといいですね」

二人と一匹は学校を出ると、遠回りしながら帰り道を辿《たど》った。

ノアが早く街に馴染《なじ》めるようにすると共に、念のため街に異変がないか見回って帰るのが習慣になっているのだ。

「ノアさん、この街には少し慣れてきましたか？」

「はい！　佳織さんのおかげで、道やお店もだんだん覚えてきたのです！」

「それは良かったです」

「今日は久々にスーパーに寄って、食材を買う予定——って、あーっ！」

「きゃっ⁉」

ノアが突然大声を上げたので、佳織は驚いて立ち止まった。

「ど、どうしたんですか、ノアさん？」

「うう、結局、今日のマッサージでもらえたのは、チョコひとつとあめ玉二つだったのです。あと、ヘアピンと使いかけの消しゴムと謎のネジ……こんなん腹の足しにもならねーのです！　うう、しばらくはもやし生活が続くのです……」

「あの、私のマッサージの分、お支払いしま――」

「それはダメなのです！　一度無料で提供したものを後からお金を取るだなんて、商売人の風上にもおけないのです！　絶対に許されねぇのです！」

「いや、そもそも商売人じゃないマル。まったく、ノアは変なところで頑固マルなぁ～」

スミマルが呆《あき》れる通り、ノアはお金にがめつくはあるが、一度決めたことは貫き通すのであった。

ノアはなおも言いつのる。

「それに、食堂の『学生日替わりランチ』は無料で食べられるので、平日はそれでしのげるのです！　あんな豪華で栄養たっぷりでおいしい料理をタダで食べられるなんて、名門校さまさまなのです～！　それを考えたら、休日は三食もやしでも耐えられるのです！」

ノアはうっとりと両手を組む。

しかし、やはり食べ盛りの身体にはそれだけでは足りていないのか、そのお腹《なか》がぐぅぅ～と音を立てた。

佳織は少し考え、明るい声で提案する。

「ノアさん。クラスのお友だちに聞いたのですが……最近、駅前に新しいカフェができたそうなんです。よかったら今度の休日、ご一緒にいかがですか？　パスタやカレーライスなどの定番メニューはもちろん、スイーツもおいしいそうですよ」

「うおおおお⁉　それはぜひ行きたいのですっ……！　でも、今月はお金が……」

うなだれるノアに、佳織は微笑んだ。

「任せてください。私がノアさんの分もお支払いしますよ」

「ええっ、いいのですか⁉」

「はい」

「さすがは大富豪中の大富豪！　靴を舐《な》めますぺろぺろ……って、あーっ、ダメなのです！　ごはんをおごってもらうのは、魔法少女規則に引っ掛かっちゃうのです〜！」

「そうマルよ、魔法少女が現地の協力者におごってもらったなんてバレたら、アマゾン川の水車にくくりつけられてちょっとずつピラニアの餌にされるマルよ！」

「うぎゃあああ〜〜イヤなのです〜〜〜！　そんなおつまみ感覚でピラニアに食べられたくないのです〜〜〜〜！」

しかし、それを予想していた佳織は、ちょっぴりドヤ顔で指を立てた。

「それでは、『私がどうしても行きたいので、ノアさんに付いてきていただく。お支払いは、そのお礼』ということでどうでしょうか？」

「うおおおお!?　それなら規則にも引っ掛からないのです！　久しぶりに日替わりランチ以外の食事をおなかいっぱい食べられるのです、わぁ～い！」

「まさかそんな抜け道があったなんて……！　佳織《かおり》はすごいマル！　ボクもカフェ楽しみマル～！」

「スミマルはお呼びじゃねーのです、ついてくるななのです！」

「ボクだっておしゃれカフェでおしゃれパスタ食べたいマル～～～～！」

「ふふっ。おいしくて栄養のあるもの、たくさん食べましょうね」

こうして二人と一匹は、楽しく家路を辿るのであった。

＊＊＊

「わあああ、おいしそうなのです！」

そして迎えた週末の朝。

佳織とノアは、カフェに来ていた。

ノアの前には、できたての料理がずらりと並んでいる。

「わぁい、ハンバーグにオムライスにナポリタン♪　夢の景色なのですっ♪　あ、すみませーん！　パフェとパンケーキとプリンアラモードもお願いするのです！」

「いや、さすがに食べ過ぎマル」

「い、いっぱい食べていただくのはいいのですが、お腹は大丈夫でしょうか……⁉」

ノアはよほど嬉《うれ》しいらしく、大量の料理を鼻歌を歌いながら平らげていく。

佳織もフレンチトーストを食べつつ、そんなノアを優しく見守った。

「ふう、とってもおいしかったのです！　こんなに栄養のあるものをおなかいっぱい食べたのは十五年ぶりなのです！」

「ふふ、それは良かっ——十五年ぶりですか⁉」

「嘘《うそ》に決まってるマル。第一この前、学生日替わりランチをたらふく食べてお腹を壊してたばっかりマル」

「ふっふっふ〜。栄養満タン、パワー全開っ！　今のノアなら、地球の裏側までだって走れちゃうのです、うおおおおお！」

佳織は今にも駆け出しそうなノアを見ながらふと思い出した。

「そういえば、今日は楓《かえで》さんの大会の日ですね」

「そうでした！　今頃がんばっている頃なのですかね〜」

二人が窓の外の青空を見上げた時。

ビー！　ビー！　ビー！

警報音と共に、スミマルのエンペラが赤く点滅した。

「ハッ！　デビパチの気配がするマル！」

「「えええええええっ⁉」」

「現場に急行するマル！」

「はい！」

佳織が即座に立ち上がる。

しかし、ノアは深刻な顔で首を横に振った。

「ノアは行けないのです」

「の、ノアさん⁉　どうして……何か事情が……⁉」

「まさか、お腹がいっぱいで動けないとか言い出すんじゃないマルな⁉」

「違うのです……まだ『極上クリームソーダ』を頼んでいないのです！」

「まだ食べるつもりなんですか⁉」

「佳織さん、知らないのですか⁉　極上クリームソーダはこのカフェの目玉だと、店の前の看板に書いてあったのです！　素材にこだわり抜くが故に、なんと年に数回しか提供されない超絶スペシャルなクリームソーダ！　今日を逃がせば食べられないこと請け合い――」

「そんなこと言ってる場合じゃないマル！　急いで向かうマルよ！」

「あーん、クリームソーダぁ～！」

「デビパチさんの件が解決したら、ご褒美《ほうび》にまた来ましょう、ね！」

「うえ～ん、絶対約束なのですよ～！」

こうして二人はお会計を済ませると、スミマルの導きに従って走り出すのであった。

＊＊＊

「こ、ここは――」

二人と一匹は、息を切らせて現場の建物を見上げた。

「陸上部の大会会場⁉」

スミマルに導かれて着いたのは、まさに楓が出場すると言っていた陸上部の大会が行われている屋外競技場であった。

「デビパチめ、きっと大会をめちゃくちゃにするつもりなのです！」

「そんなの許せません！」

佳織たちの脳裏に浮かんだのは、『大会、一生懸命がんばるよ！』と笑った楓の笑顔だった。

「さっそく会場に入りましょう！」

「はいなのです！」

「待つマルッ！」

スミマルが険しい表情で声を張る。

「す、スミマルさん？　どうしたのですか？」

「ここは厳しい練習を重ねた選手と、彼らを心から応援する者だけが入れる聖域……怪しまれず潜入するために、変装する必要があるマル！」

「いや、別に服装とか関係ないと思うのですが」

「ダメマル！　そんな半端《はんぱ》な気持ちじゃ、この神聖なる大会に相応《ふさわ》しくないマル！　絶対に絶対に変装が必要マルッ！」

「で、ですが、一体何に変装すれば……！」

「心配ないマル、ボクは汎用イカ型高機動支援守護妖精〇一号漆式――コスチュームチェンジは、ボクに任せるマル！」

「わ、分かりました！」


そして数分後。

「わあ、これが大会会場なのですか！　とっても広いのです～！」

「私も入ったのは初めてです。外から見た以上に大きく感じますね」

佳織とノアの姿が、競技場の客席にあった。

――チアリーダー姿で。

「ふう。それにしても、無事に潜入できて良かったのです！」

「はい、さすがはスミマルさんです！　これなら誰にも怪しまれませんね……って、普通の格好でも良かったのでは⁉」

客席には学校の関係者や選手の保護者などが大勢いて、ポンポンを持ったチアリーダー姿の佳織とノアは明らかに浮いていた。

思わず叫んだ佳織に、スミマルが激しくかぶりを振る。

「普通の格好じゃダメマルッ！　デビパチを探し出すためには、裏までしっかり調べなきゃいけないマル！　怪しまれないためにもチアリーダーの格好が最適マルよ～、うふふふふ〜」

「いや、単にスミマルが佳織さんのチアリーダー姿を見たいだけなのですよね？」

くねくねするスミマルに、ノアが侮蔑の視線を向ける。

その横で、佳織は真剣な表情をしていた。

「な、なるほど、そういうことでしたか。恥ずかしいですが、これも楓さんたちのため……！」

恥ずかしさを呑《の》み込むと、改めてチアリーダーの衣装を見る。

「それにしても、スミマルさんは本当に色々な衣装が出せるのですね」

「ふふふ、ボクの自慢の能力のひとつマル！　いつでもどこでも最高にイカした衣装を出せるマル！　ただのコスプレじゃなくて、素材やデザインにもこだわった一級品マルよ〜！」

「まるで職人さんみたいですね、かっこいいです！」

「ただの趣味が高じたタイプの変態さんなのです」

グラウンドでは、すでに予選が行われていた。

どの選手の顔も険しく、緊張感が伝わってくる。

客席の最前列で、佳織はきょろきょろとグラウンドを見渡した。

「デビパチさんはまだいないみたいですね」

「きっとメイド喫茶の時みたいに、どこかに潜んで悪さをするタイミングをうかがっているのです！」

「どんなタイプのデビパチかも分からないマル、要注意マル！」

「はい！　楓さんのためにも、デビパチさんに好きにさせるわけにはいきません！」

警戒を怠らないよう、会場中に目を凝らす。

が。

「ふああ、それにしても、日差しが強いのです……」

ノアが目をしぱしぱさせる。

競技場は屋外のため、太陽が容赦なく照りつけるのだ。

「大変マル、紫外線はお肌の大敵マルよ！　この日焼け止めを塗るマル！」

スミマルが、どこからか日焼け止めを取り出す。

「これは可愛《かわい》いチアリーダーの子限定の、特別な日焼け止め——『マジカル絶対に紫外線を許さないくん』マル！」

「ま、マジカル絶対に紫外線を許さないくん、ですか……？」

「なんでそんなもの持ってるのです？」

「こういうシチュエーションの時のために、事前に仕込んでいたマルよ！　うふふ、さあ佳織《かおり》、ボクに身を任せるマル～滑らかな触手で隅々まで塗り込んであげるマルよ～」

「え、えええと……」

「そんなことさせるわけないのです、変態イカ！　自分で塗るのです、貸すのです！」

ノアはスミマルから日焼け止めを奪うと、佳織と共に塗り始めた。

「ノアさん、首のうしろにも塗ったほうがいいですよ。塗ってさしあげますね」

「ありがとうございますなのです！　お礼にノアも塗ってあげるのです！」

「きゃっ、ノアさん、くすぐったいです……っ」

「佳織さん、動いちゃダメなのです！　あっ、耳にも忘れずに塗らなきゃなのです！」

「んっ、ひゃ、ぞわぞわ、します……！」

「佳織さんってば、くすぐったがりなのですね～」

二人は日焼け止めを塗ってじゃれ合う。

それを見た選手や周囲の人々がざわめいた。

「おいおい、なんだあの尊い光景は……！」

「あんな可愛いチアリーダー、初めて見たわ！」

「っていうか、なんでチアリーダーなのかな……？　まあ可愛いからいいけど！」

「あんな子たちに応援されたら、テンション上がっちゃうなぁ！」

「ああん、ボクが塗りたかったマル～。でも、やっぱり日焼け止めの塗り合いっこはスポーツ観戦の醍醐味《だいごみ》マルね～。いい仕事をしたマル～、うふふふ——って、あれ？　あのコースを走っているのは……」

スミマルがふとグラウンドのコースに目を遣《や》って何かに気付く。

佳織はスミマルの視線を追って、声を上げた。

「あっ！　あれは……楓《かえで》さんです！」

そのコースでは百メートル走の予選が行われており、まさに楓が一位でゴールをしたところだった。

「まあ、すごいです！」

「楓さん、ぶっちぎりの一位なのです！　かっこいいのですー！」

楓は客席にいるノアと佳織に気付き、ポニーテールをなびかせて駆け寄ってきた。

「佳織、ノアちゃん！　来てくれたんだ！」

「はい！　すごいです、楓さん！」

「予選突破なのですね！」

「えへへ、練習した甲斐《かい》があったよ！」

楓はVサインを作ると、小首を傾《かし》げた。

「それにしても、二人はどうしてチアリーダーの格好なの？」

「あ、えっと、あの……」

「そんなの、全力で応援するために決まってるのです！　決勝戦は死ぬ気で応援するのですよ〜！　フレー、フレーなのです！」

「そ、そうです！　フレー、フレー、です！」

全力で声を張るノアに合わせて、佳織もポンポンをめいっぱい振る。

あまりに可愛らしい光景に、会場中の注目が集まった。

「おお、可愛いチアリーダーさんが応援しているぞ！　見てるだけで元気が出るなあ」

「まるでアイドルみたいね、どこの学校の子たちかしら？」

「あんな可愛いものをタダで見られるなんて……大会に出て良かった」

可愛らしい応援によって、会場中にいる選手たちの士気が上がったのだった。

「ありがとう！　ちょっと緊張してたんだけど、二人に応援してもらえるって思ったら力が湧いてきたよ！　決勝も全力でがんばるね！」

楓は爽やかに手を振って、チームの元へ戻っていく。

「はあ、楓ちゃん、とっても可愛いマル〜。陸上部のユニフォームと揺れるポニーテールの組み合わせが最高マルな～」

「練習した分、いい結果が出せるといいですね！」

「ノアたちも全力で応援するのです！」

「はい！　それに、デビパチさんがいつ現れてもいいように、いつでも動けるようにしておかなければ……！」

佳織たちは応援の声を送りつつ、会場に目を配る。

ノアは初めて見る陸上競技の数々に興味津々《きょうみしんしん》であった。

「それにしても、色んな競技があるのですね～！　あそこでジャンプして距離を測っているのは、なんていう競技なのですか？」

「あちらは走り幅跳びですね」

「あっ、佳織さん見てください、不思議な道具があるのです！　もしや、金銀財宝を掘り起こすための秘密道具では⁉」

「あれはトンボですね。土をならす道具ですよ」

「ハッ、な、なんなのですか、あの空飛ぶ円盤は⁉　もしかして……ＵＦＯなのです⁉　捕まえて見世物にしたら、がっぽがっぽ儲《もう》かるのです！」

「ええと、あれは円盤投げの円盤かと……」

「むむっ、あの見るからに高級そうなカップは一体⁉」

「トロフィーですね。一位になった人がもらえるものですよ」

「ほあぁ〜、あんな金ぴかでキラキラしたカップ、絶対高く売れるのです！　ちょっと出場してくるのです〜！」

「だ、ダメですよノアさん！　そもそもトロフィーは大切に飾っておくもので、売る物ではありません！」

並外れた可愛さもあって、最前列で賑《にぎ》やかにしているチアリーダー二人組は非常に目立っていた。

「あの子たちを見てたら、緊張がほぐれてきたぞ」

「本当に癒やされるわねぇ」

「ああ、可愛すぎる……我が校専属のチアリーダーになってくれないかなぁ」

二人の存在は、プレッシャーの掛かる大会において清涼剤的な役割を果たしており、選手はもちろん観客にも大好評であった。

やがて全ての競技の予選が終わり、ついに各競技の決勝がはじまった。

「いよいよ決勝なのですね！」

「でも、デビパチはまだ出てこないマルな。気配はずっと感じてるマルが……」

「……なんだか嫌な予感がします……」

佳織は不安が渦巻く胸を押さえながら、長距離トラックを走る選手を見守り——

「——あっ！」

何の前触れもなく、トップを走っていた選手が転んだ。

「わ、痛そうなのです！」

「大丈夫でしょうか……」

客席が不穏にざわめく。

「おい、大丈夫か？」

「そういえば、さっきも転んでた選手がいたよな」

「ええ。幸い擦り傷らしいけど、心配ね……」

「怪我《けが》をした選手たちは、足を何かに引っ張られたと言っているそうよ。念のためにグラウンドを点検したけれど、何もなかったみたい」

「なんだか不気味だな……」

中断していた決勝は再開されたものの、堰《せき》を切ったように事故や怪我人が続出する。

あまりにも不自然な状況に、佳織は顔を引きつらせた。

「これはもしかして……」

刹那、スミマルの耳が発光と共に激しく震える。

「ボクのエンペラが反応しているマル！　デビパチの気配が強まっている……これは間違いなく、デビパチの仕業マル！」

「でも、肝心のデビパチの姿がないのです！」

ノアの言うとおり、グラウンドに怪しい影はなかった。

原因の分からない事態に、選手たちや観客の間で、不安や心配の声が大きくなってくる。

「マズいマル、この空気、デビパチの大好物マル……！」

「今はまだ軽傷者しか出ていませんが、このままでは大きな事故になるのは時間の問題です。急いで探さなくては……！」

佳織たちは必死に目を凝らした。

「あっ、見つけました、あそこです！」

佳織が、奥にあるコースを指さす。

それは今から百メートル走の決勝が行われるコースであった。

そのコースの半ば、地面から黒い触手が伸びている。

触手は陰に隠れながら巧みに待ち伏せしており、他に誰も気付いていない。

「デビパチめ、地面に潜んで選手を転ばせているのです！」

「なっ⁉　そんなことができるデビパチさんもいるんですね……！」

「地面に潜って移動する厄介なタイプマル、急いで対処しないと……！　二人とも、変身マル！」

「はい！」

「了解なのです！」

佳織は頷《うなず》くと、ステッキを掲げた。

満を持して呪文を叫ぶ。

「『キラキラ輝く七色の世界！　パーフェクトピュアプリンセス、ドレスアップ！』、ですっ！」

「『キラキラ輝く七色の』――ふぇ、ふぇ、ふぇっくしょーい！」

「ノアさん⁉」

ノアの呪文半ばに、眩《まばゆ》い光が弾《はじ》ける。

そして、コスチューム姿に変身した二人が現れた。

「って、結局変身できちゃうんですか――――⁉」

「こういうのは気持ちが大事なのです！　魔法少女パピプリ、見参！　なのです！」

「ひゅ〜！　かっこいいマル〜！」

突如として現れた魔法少女の姿に、周囲の人々が目を剝《む》く。

「な、なんだ⁉　魔法少女⁉」

「一体どこから現れたんだ⁉」

「あっ、あの子たちSNSで見たよ！　メイド喫茶で、変なタコをやっつけてた！」

佳織《かおり》とノアは手すりから身を乗り出した。

二人がいる場所からデビパチが潜んでいる奥のコースまで、かなりの距離がある。

「早くデビパチさんをやっつけなくては……！」

「ここからじゃ遠すぎるマル、急がないと……！」

「あっ！　見て下さい、楓さんが……！」

ノアがスタート地点を示す。

続々とスタート位置に着く選手の中に、楓の姿があった。

そのコースの途中には、デビパチが待ち受けている。

「大変マル！　楓ちゃんがデビパチの餌食《えじき》になっちゃうマル！」

「どうしましょう、間に合いません！　……って、ノアさん⁉」

止める暇もなく、ノアがグラウンドに飛び降りた。

「早くしないと楓《かえで》さんが、何か、何か使えそうなもの、何か、何か……──あっ、これなのです！」

手近にあったトンボを手に取ると、早口で呪文を唱える。

「ええと、『汝《なんじ》、内なる輝きよ、我が祈りによって魔法の力を……』──うおお、呪文なんか唱えてたら間に合わないのです、おらああああああ～～～～～～～～ッ！」

キュイイイイイイイン！

たちまちトンボが七色の光を帯びた。

ノアは眩く輝くトンボを、佳織に向かって投げ上げる。

「佳織さん、これを！」

「あわわわわ!?　こ、このトンボは……!?」

「魔法道具にしたのです！　それを使って、さあ、急いで！」

「え、ええと、どうやって使えば……!?」

「知らないのですか!?　それに乗って飛ぶのですよ！」

「これで飛べるんですか!?」

「魔法少女がホウキで飛ぶのは鉄板なのです！」

「これ、ホウキじゃないんですが⁉」

その時、スタートの合図が鳴り響いた。

デビパチが待ち受けるコースを、楓が走り出す。

「あっ、楓さんが……！」

「行ってくださいなのです！　佳織さんのプリズムパワーなら間に合うはずなのです！」

「はっ、はい！」

佳織はトンボに跨《また》がった。

焦《あせ》りを抑えつつ力を流し込む。

「お願いします、トンボさんっ！　はあああああ〜〜〜〜〜〜っ！」

「行っけ〜〜〜〜なのです〜〜〜〜〜〜！」

次の瞬間、トンボがふわりと浮き上がり——ドシュン！　と凄《すさ》まじい勢いで発進した。

「ひゃあああああああ〜〜〜〜⁉」

「おわあああ⁉　す、すごいスピードなのです！」

「佳織のプリズムパワーが規格外すぎるマル！」

「あわわわ、そ、操縦が難しいです〜〜！」

佳織は一気に空へ飛び出すと、華麗なループを決め、まっしぐらにコースへと降下する。

コースでは、楓が先頭を走っていた。

「（はぁっ、はぁっ……！　いい感触っ……このまま、いけば……！）」

息を切らせ、ひたすらにゴールを見据えて駆ける。

しかし。

「ギャギャギャギャ～～～～！」

「きゃあ!?」

地面から伸びた触手が、楓の足に絡《から》みついた。

全力で走っていた楓は勢いよくつんのめる。

「な、何これっ……!?　あ……っ──！」

見開いた視界いっぱいに、みるみる地面が近付く。

このまま転べば敗退はもちろん、大きな怪我は免《まぬが》れない。

怪我によっては、選手生命に響く可能性もあった。

「そんな、やだ……あんなにがんばってきたのに……！」

楓が思わず目を閉じた、その時。

「楓さ──────ん！」

ビュオオオオオオオオオオオオオッ！

突風と共に楓を包み、颯爽《さっそう》とかっさらうものがあった。

「ひゃあ⁉」

楓はおそるおそる目を開け、息を呑《の》む。

信じられないことに、身体《からだ》が宙に浮いていた。

誰かの腕に抱かれている。

楓を助けたのは、光り輝くトンボに跨がった魔法少女であった。

「ま、間に合いました……！」

「あ、あなたは⁉」

「えっ⁉　ええと、と、通りすがりの魔法少女ですっ！」

佳織はそう答えつつ、地上の様子を確認した。

コースを走っていた他の選手たちも、突然の突風に足を止めて戸惑っている。

触手は獲物を失って、地面に引っ込んだようだ。

佳織はそれを確かめるとそのまま飛翔《ひしょう》し、楓を客席に降ろした。

「お怪我《けが》はないですか？」

「う、うん、ありがとう。でもさっき、足を何かに掴《つか》まれたような気がしたんだけど、あれは何だったんだろ……」

「ギャギャギャ～～～！」

「！」

異様な雄叫《おたけ》びに振り返る。

グラウンドに、巨大な触手が姿を現していた。

「ひ……!?　な、なにあれ……!?」

「今まで見たデビパチさんより大きいです……！」

佳織は思わず声を引きつらせる。

突如としてグラウンドの中央に突き出た触手は、一メートルほどの長さがあった。

触手は楓を逃がしたことで殺気立っているらしい。

新たな獲物を捕まえようとのたうつ。

「ギャギャギャ～～～！」

「わあああああああ!?」

「な、なんだ、この黒い触手は!?」

周囲にいた選手たちが逃げ出すと、触手は地面に引っ込み――かと思うと、逃げようとする選手の行く手に立ち塞がる。

「ギギャ～～～～！」

「うわあっ⁉　今度はこっちに現れたぞ⁉」

「こいつ、俺たちを追ってくる……⁉」

神出鬼没の触手を前に、会場はパニックに陥っていた。

楓が恐怖に青ざめる。

「もしかして、さっき私の足を摑んだのはあの触手なの……⁉」

「楓さん、逃げてください！　なるべくグラウンドから離れて！」

「う、うん！　ありがとう、魔法少女さん！」

楓が礼を告げて走り去る。

佳織の元に、ノアとスミマルが駆けつけた。

「間に合いましたね、さすが佳織さんなのです！」

「ノアさん、スミマルさん！　あの触手は……」

「デビパチマル！　あいつ、地面の中を高速で移動しているマル！」

触手は逃げる人々を追いかけ、あるいは突然行く手を塞いだりと、トリッキーな動きを繰り返しては人々を恐怖にたたき落としている。

「本体が地面の中に隠れてるのです、これじゃあ浄化できないのです！」

「それに、動きが読めないマル……！　なんとかして本体を引きずり出す方法を考えるマル！」

佳織は息を詰めて触手の挙動に目を凝らし――はっと身を乗り出した。

「あのデビパチさん、一番速く動くものに反応しているようです！」

「！　あ、ほ、本当なのです！」

佳織の言う通り、デビパチはグラウンド上にいる一番速い獲物に狙いを定めているようだった。

「すごいマル、よく気付いたマルな、佳織！」

「習性さえ分かればこっちのものなのです！」

ノアはそう吼《ほ》えると、辺りを見回した。

「ええっと、何かよさげなもの、使えそうなもの――！　あっ、こいつを使えば……！」

「それは――チアリーダーのポンポン!?」

「『汝、内なる輝きよ、我が祈りによって……』……もう何でもいいのです、うぉりゃあああああああああ～～～～～～！」

「呪文の意義とは……!?」

ノアはポンポンを手に取ると魔法を流し込んだ。

キュイイイイイン！

ポンポンが、魔法の力を帯びて眩《まばゆ》く輝く。

ノアは魔法道具化したポンポンを、佳織《かおり》に差し出した。

「佳織さん、これでノアを応援してくださいなのです！」

「ええっ⁉　応援、ですか⁉」

「はい！　これは魔法のポンポン——人呼んで、えーと、スペシャルマジカルシャイニーポンポンなのです！」

「す、スペシャルマジカルシャイニーポンポン⁉」

「絶対今考えたマル……！」

「このスペシャルマジカルシャイニーポンポンで応援すると、味方の能力を上げることができるのです。ノアが走って囮《おとり》になり、奴《やつ》を引き付けるのです！」

「そ、そんな、危ないです！　それに引き付けるだけでは、地面の中にいる相手を引きずり出すのは難しいのでは……⁉」

「えっ⁉　ええと、ええと、それは……あっ、こいつを使うのです！」

「それは、幅跳び用の巻き尺《メジャー》⁉」

ノアは巻き尺に魔法を込めた。

「『汝《なんじ》、内なる輝きよ、我が……』――あーもう呪文とかしゃらくせぇのです！　でぇりゃあああああ！」

「呪文がどんどん短くなっていきます……！」

ノアは魔法道具化した巻き尺を握りしめ、デビパチを睨《にら》む。

「とにかく、ノアに秘策があるのです！」

「秘策とは……!?」

「今は説明している時間はないのです！」

ノアは険しい表情でデビパチを見据えた。

「それに、あいつは……あいつだけは、ノアが仕留めなくてはならないのです……！」

「ノアさん……デビパチが大会をめちゃくちゃにしたことが、そんなに許せないんですね……！」

ノアは感激する佳織を後に、ひらりとグラウンドに降りた。

クラウチングスタートの姿勢で構えると、真剣な顔で黒い触手を睨み付ける。

「地面に潜るタイプのデビパチは、癖のある風味が絶妙に酢醤油《すじょうゆ》と合い、超高値で取引されるのです……絶対に、ノアが手に入れてみせるのですッ！」

「そんな理由で⁉」

「相変わらずしょうもないマル～」

「佳織さん、応援を！」

「わ、分かりました……！　ふ、フレー、フレー、ノアさんっ！」

佳織は意を決すると、スペシャルマジカルシャイニーポンポンを高々と掲げてエールを送った。

途端に、ノアの身体が眩いオーラに包まれる。

「なっ⁉　い、今まで感じたことがないほどのパワーが湧いてくるのです……！」

「佳織、もっと腕を上げるマル！　元気に飛び跳ねて！」

「はいっ！　が、がんばれがんばれノアさんっ！」

「うふふふ、いいマルよ～、可愛《かわい》いおへそがチラリズムマル！　足も上げるマルよ～！　もっと高く、天まで届くように！」

「ファイトファイト、ノアさん～っ！」

「うおおおおお、す、凄《すさ》まじいパワーが満ちてくるのですっ！　これならやれるのです！　行くのですッ、でりゃあああああああああああ～～～！」

「佳織、もっと高く足を上げるマル！　そうマルッ、いいマルよッ！　うふふふ、このアングル最高マル～――ぶべらっ⁉」

ノアは、佳織を下から舐《な》めるように覗《のぞ》き込んでいるスミマルを踏みつけて、勢いよくスタートを切った。

ズドドドドドドドドドド！　と土煙を上げてグラウンドを疾走する。

「デビパチめ、今月の家賃になるがいい～～～～～！」

「は、速いです！」

「ギャギャギャ！」

「デビパチが反応したマル！」

他の選手を襲おうとしていたデビパチが、瞬時にノアに反応した。

高速で移動した触手が、ノアに絡《から》みつこうと殺到し――

「危ない、ノアさん！」

「掛かったな、なのです！　《マジカル・メジャー》！」

ノアの手からしゅるしゅると何かが伸び、触手に巻き付いた。

「あれは……さっきの巻き尺マル！」

「どっせえええええい！　家賃一本釣りなのです～～～～～！」

「ギャギャギャ～～～～～⁉」

「の、ノアさん、すごいです！」

　佳織の応援によって強化されたノアの腕力が、地面に潜んでいた本体を軽々と引きずり出す。

　青空に黒いタコが舞った。

「ギャギャギャ～……！」

「出たマル！　あれが本体マル！」

　ズシャアアアッ！

　地面に叩《たた》き付けられたデビパチは、怒り狂いながらノアを睨み付ける。

「ギャギャギャギャ～～～～！」

「ノアさん、危ないです！」

「ここからどうするマル⁉」

　佳織とスミマルの問いに、ノアは堂々と吼えた。

「正直、こいつを引きずり出した後のことは何も考えてなかったのです！　しかも思った以上に強そうだし、全力で走ったせいで体力あんまり残ってないし、今のノアじゃ歯が立たないっぽいのです！　ヤベーのです！」

「の、ノアさーん！」

「馬鹿マルかー⁉」

「ギギャ～～～～～～～～～！」

デビパチが地煙を上げながら、ノアへと突進した。

「オワ――――⁉　助けてくださいなのです誰か誰か誰か誰か何か何か何か何か――ハッ、これダァァァァァァ――――――――――！」

ノアがとっさに拾ったのは、円盤投げの円盤であった。

「『汝《なん》、内《うち》なる』イィイイイイイ！　おるぁぁぁあああああ！」

「さすがに略しすぎでは⁉」

ノアは円盤に一気に力を流し込んで魔法道具にすると、佳織に投げ寄越した。

「きゃっ⁉」

「佳織さん、お願いなのです！　こいつを仕留められるのは佳織さんしかいない……全力で、奴にそのＵＦＯをぶつけてくださいなのです！」

「これはＵＦＯではありませんよ⁉」

「この際なんでもいいマル！　佳織なら奴を倒せるマルッ！」

「わ、分かりました！　はあああああ～～～～っ！」

佳織は虹色に輝く円盤を、まさにノアへ絡みつこうとしているデビパチに向かって、思いっきり投擲《とうてき》した。

「《プリズム・円盤《UFO》・アタ――――ック》！」

ヒュ――――――――ン！

円盤は凄まじい速度で宙を裂き――デビパチのはるか上空を通り過ぎ、虚空《こくう》へと消えていった。

「……あらっ？」

「……かすりもしなかったマルな」

「おわぁ、やっぱりUFOだったのです……UFO、お空に帰っちゃったのです……」

佳織たちは、消えゆく円盤を呆然《ぼうぜん》と見送り――

一瞬円盤に気を取られていたデビパチが、再びノアを叩き潰そうと触手を振り上げる。

「ギャギャギャギャ〰〰〰〰！」

「うぎゃあああああああ!?　やっぱりダメだったのですもう助からないのです死んじゃうのです助けて佳織さ――――ん！」

「の、ノアさ――――――ん！」

その時、成層圏へ消えたはずの円盤が、弧を描いて戻ってきた。

激しく回転しながら、デビパチの横《よこ》っ面《つら》に直撃する。

「え？」


ドゴオオオオオオオオオオオオオオオオオオオオ！


「ギャギャギャギャ～～～～～～～～～～!?」

「オワ――――――――!?　ＵＦＯ、戻ってきたのです――――――――――――！」

「す、すごいマル、佳織！　まさか、一旦デビパチを油断させて不意を突く作戦だったなんて……さすがマル、さすがすぎるマルッ！」

「えっ!?　いえ、そういうわけでは……!?」

直撃を食らったデビパチの身体《からだ》から一瞬にして黒い色が吹っ飛び、虹色に変色する。

「ギャ、ギャ……！」

「あの大きさのデビパチを、一発で浄化したマル!?」

「さすが佳織さん、パネェのです！」

「おかしいですね、最初からデビパチさんを狙ったはずなのですが……と、とにかく、当たって良かったです！」

「よ〜〜し、シャイニー・たこ壺《つぼ》で回収マル〜〜〜〜！」

「ギャギャギャ〜〜〜〜〜!?」

すかさずスミマルがたこ壺でデビパチを回収した。

デビパチがたこ壺に吸い込まれて、辺りに静寂が戻る。

呆然と見ていた選手や観客たちから拍手が上がった。

「お、おお、おおおおおおお〜〜〜〜〜〜！」

「あんな化け物に勝っちまうなんて！　すごいぞパピプリ！」

「助けてくれてありがとう！　パピプリって噂《うわさ》通り、とっても強くて可愛いのね！」

「すごいすごい、映画みたいだった！　撮った動画、ＳＮＳに上げちゃお！」

「あ、お、お役に立てて良かったです！」

会場を包む拍手と歓声は、いつまでも鳴り止《や》まなかった。

こうして佳織《かおり》とノアは、魔法少女としてまたひとつの事件を解決したのであった。

＊＊＊

「女子百メートルの優勝は——王星《おうせい》学園一年、風間《かざま》楓《かえで》さんです！」

デビパチ騒動が解決した後。

大会は無事に再開され、全ての競技の決勝が滞りなく終了した。

そして迎えた閉会式。

楓は仕切り直しになった決勝で見事に優勝し、表彰されることになったのだ。

拍手に包まれながらトロフィーを受け取ると、仲間たちと抱き合って喜ぶ。

「やったね、楓！」

「誰よりがんばってたもんなぁ！」

「みんなのおかげだよ、ありがとう！」

そして閉会式も終わり、人気《ひとけ》もまばらになったグラウンド。

楓は一人トロフィーを見つめながら、自分のピンチを助けてくれた魔法少女のことを思い出していた。

「優勝できたのも、あの子が助けてくれたおかげだな。気付いたらいなくなっちゃってたけど……もう一回、お礼を言いたかったな」

その時、楓を呼ぶ声がした。

「楓さーん！」

「あっ、佳織、ノアちゃん！」

佳織とノアが駆け寄ってきた。

楓の腕に抱かれたトロフィーを見て、嬉《うれ》しそうに微笑《ほほえ》む。

「一位になるところ、見てましたよ。おめでとうございます！」

「わあ、このトロフィー、近くで見るとますますきらきらしていて高価そう——げふんげふん、とっても綺麗《きれい》なのです！」

「えへへ、二人の応援のおかげだよ。本当にありがとう！　……でもね、私、もっとがんばらないとなって思ったの」

「えっ？」

思いがけない言葉に、佳織とノアが驚く。

「今回の大会で、上には上がいるってことを痛感したんだ」

「優勝したのにですか？」

「それは一体どういう……？」

戸惑う二人に、楓は熱っぽく身を乗り出した。

「ツインテールの魔法少女の子がね……すっっっっっごく走るのが速かったの！」

「ほえ？」

間抜けな声を漏らすノアに気付かず、楓は力強く語り続ける。

「あの子、フォームも綺麗で、まっすぐに前を見据えて、とにかく速くて……きっと何か、譲れない目的のために走ってたんだと思う。その姿がすっごくかっこよかった。……あの子を見たら、私はまだまだだなって……」

「あー、ははは……」

「か、楓さん、魔法少女さんは、きっと特別な訓練をなさっているんですよ。あまり気にされないほうが……」

「うん……そうだよね」

楓は眉を下げて笑い、ふとノアの顔に釘付《くぎづ》けになった。

「あれ？　そういえばあの子、ノアちゃんに似てるかも……？」

「でぇッ⁉　いやぁ、他人のそら似っていうやつなのですかねぇ⁉　うぇへ、うぇへへへへ⁉」

「ノア、誤魔化すのが下手すぎマル……」

その時、陸上部の部員が楓を呼ぶ声がした。

「いけない、みんなのところに戻らなきゃ！　私、もっともっとがんばるよ！　またね！」

　楓は笑顔で手を振ると軽やかに去っていった。

「あ、危なかったのです、謎に楓さんとライバルになるところだったのです……！」

「でも……楓さん、優勝できて本当によかったですね」

「うんうん、嬉しそうで何よりマルな～！　やっぱり可愛《かわい》い子には笑顔が一番似合うマル！　無事にデビパチも回収できたし、一件落着マル！」

「ふう、それにしても、たくさん走ったせいで喉が渇いたのです……」

　ふと日が暮れ始めた空を見上げて、ノアが声を上げる。

「あっ、クリームソーダ！　デビパチを倒したら、あのカフェの極上クリームソーダを飲むって約束なのです！　今飲んだら、きっと最高においしいのですっ！」

「あれだけ走った後で、よく食べられるマルな～」

「ふふ、がんばったご褒美《ほうび》ですね」

　そして一行は、意気揚々とカフェへと移動した。

　しかし。

「そ、そんな……」

辿《たど》り着いたカフェの前で、ノアが絶望しながらへたり込む。

店の看板には、『極上クリームソーダ、完売！』の文字が躍っていた。

「あわわ……の、ノアさん、今日は残念でしたが、また今度来ましょう、ね――」

「『次の提供は未定！』って書いてあるマルな。いやぁ、さすがは極上クリームソーダ、次はいつありつけるやらマル～」

「あわ、あわわ……！」

「うあああああん、あんなにがんばったのに～～～！　こんなのあんまりなのです～～～！」

夕暮れの空に、ノアの悲哀の咆哮《ほうこう》が響き渡る。

こうして、陸上大会のデビパチ事件は無事に解決した。

しかしその裏で、人々の間で少しずつパピプリが話題になっていることを、まだ二人は知らないのであった。

大人気モデル　御堂美羽《みどうみう》

「ふあああぁ～……マル～」

　とある日の昼休み。

　佳織とノアが食堂で昼食を食べていると、キーホルダーに擬態したスミマルが大きな欠伸《あくび》をした。

「眠そうですね、スミマルさん」

「まったく、食事の席で大あくびなんて、お行儀が悪いのです。ばくばくばく、むしゃむしゃむしゃ！」

「ムッ。そういうノアだって、もっとおしとやかに食べるマル――」

「もぐもぐごくんっ！　おっし、おかわり取ってくるのです！　こんなにおいしいランチがどんなに食べても無料なんて、すごいのです～！」

「まったく、せわしないマルなぁ。またお腹《なか》を壊しても知らないマル……ふあああぁ～」

　再び欠伸をするスミマルを見て、佳織は首を傾《かし》げる。

「昨日は、あまり眠れなかったんですか？」

「それが、昨夜サブスクのアニメを見過ぎて、徹夜しちゃったマル～」

「まあ」

「だらしないのです、体調管理がなってないのです」

爆速でおかわりを持って戻ってきたノアが呆《あき》れるが、佳織は興味深く尋ねた。

「そんなにおもしろいアニメだったんですか？」

「そうマル！　おもしろすぎて、原作五〇巻を一気買いしちゃったマル！　他にもアクスタにフィギュア、クリアファイル……あっ、抱き枕も届く予定マル！　全部ノアの魔法口座から引き落とされるから、よろしくマル☆」

「うおおおおい⁉　お金が全然貯《た》まらないと思ったら、スミマルの仕業だったのですか⁉」

「やれやれ、ケチケチするなマル。この世界の文化を知るための必要経費マル！」

「おかげで今月ももやし生活なのですが⁉　学食がなかったらとっくに飢え死にしてるのです！」

「あの、お二人とも、すごく目立ってますよ……！」

佳織は周囲の目をはばかりながら、スミマルに小声で話しかけた。

「スミマルさんは、本当にアニメがお好きなんですね」

「そうマル！　この世界には素晴らしい作品が溢《あふ》れていて、本当に天国マル～。特にボクが今一番ハマってるアニメは……──」

　そんな会話を交わしていると、隣のテーブルの女生徒たちが楽しげに話しているのが聞こえてきた。

「そういえば今日からだよね、アニメフェス」

「そうそう。今回は会場が隣町だから、放課後でも気軽に行けるよね！」

「確か、『悠久の戦乙女《ヴァルキリー》』のステージもあるんだっけ」

「『悠久の戦乙女《ヴァルキリー》』マル⁉」

　突如として、スミマルが大声を上げた。

「うぉわぁぁぁ⁉　急に大声を出すなですなのです！」

「キーホルダーじゃないことがバレてしまいますよ……！」

「アニメフェス、もう始まっているマルか⁉　ボクとしたことが、オタ活が忙しすぎてうっかりしていたマル……！」

　スミマルはじたばたと暴れ始める。

「わあああアニメフェス行きたいマル！　今をときめくアニメが一堂に会する、夢の祭典……！　行きたいマル、行きたいマル、行きたいマル～！」

「す、スミマルさん、落ち着いてください！」

「何なのですか、いい年をしたイカが駄々をこねるななのです！」

「わあああ、アニメフェス行きたいマル～～！　もし行けなかったら、悲しさのあまり魔法少女のコスチュームのスカートをあと五センチ短くしてやるマル～～～！」

「ただでさえ短いのに五センチも⁉　わ、分かりました、今日の放課後に行きましょう、ねっ！」

「わぁい、やったマル～～！」

「あっ、佳織《かおり》さん、甘やかしちゃダメなのです！」

「そんなこと言うなら、ノアは留守番してればいいマル～。あーあ、アニメフェスにはおいしい屋台もたくさん出るらしいのに、残念マルな～」

「なんですと⁉　それを早く言うのです、ぜひ行きましょうなのです！」

「そうですね、せっかくですからみんなで行ってみましょう」

「わぁい、とっても楽しみマル～～～～！　それはそれとして、スカートは五センチ短くするマル～～～～！」

「なぜですか⁉」

こうして二人と一匹は、放課後に隣町で開催されているアニメフェスへと行く約束をしたのだった。

＊＊＊

「うっひょおおおおおおおおお！」

スミマルが目を輝かせる。

佳織とノア、そしてキーホルダーに擬態したスミマルは、隣町のアニメフェス会場に来ていた。

端が見えないほど広い会場には巨大なステージが設《しつら》えられ、様々なブースや展示、メッセージボード、グッズ販売所などが立ち並び、来場者でひしめいている。

「こ、これは想像以上マル！　オタクの楽園マル〜〜〜〜！　いろんなアニメに登場するモンスターや武器がたくさん展示されているマル！　あ、あのドラゴンの模型はもしかして、『悠久の戦乙女《ヴァルキリー》』の中ボス、『エンパイア・ドラゴン』マルか⁉　うひょおおおおお、大迫力マル！」

「す、すごいのです！　でっかいモニターがたくさん！　機材やらステージやら写真撮影スポットやら……！　音と映像の洪水なのです〜！」

「わ、私はあまりアニメなどに詳しくないのですが、こんなに大きなイベントが行われているんですね」

会場は多くの客で賑《にぎ》わっており、周囲には食べ物の屋台もずらりと並んでいた。

「わあ、屋台がたくさん出ているのです！　いろんな食べ物があるのです、全部食べたいっ……ああ、でもお金がないのです！」

「もしよろしければ、ごちそうしますよ」

「いいのですか⁉　あっ、でもおごってもらってしまったら、魔法少女規則に引っ掛かって、全身にはちみつを塗りたくられて熊の檻《おり》に放り込まれた挙げ句、残った骨を前衛芸術作品の素材にされてしまうのです！　ぐぬぬ、そもそもスミマルさえ無駄遣いしなければ……！」

「まあまあマル！　他にも楽しめるものはたくさんあるマルよ！　例えば……ぎゃあああああああああ⁉」

「す、スミマルさん⁉　どうしましたか⁉」

ご機嫌で会場を見渡していたスミマルが、突然悲鳴を上げる。

その視線の先には、イカ焼きを食べている人の姿があった。

スミマルは衝撃のあまり、妖精型に戻って目を剝《む》いている。

「あ、あのおそろしい食べ物は何マル⁉　イカ型妖精に醤油《しょうゆ》を塗りたくって丸焼きにしているマル⁉」

「ああ、あれはイカ焼きですね。妖精さんではなくて、海で獲《と》れたイカさんを……──」

「びえええええ、怖いマル～！」

言葉半ばに、スミマルが佳織の服に潜り込もうとする。

「きゃあっ、スミマルさんっ⁉」

「丸焼き怖いマル～、うふふ、うふふふ、助けてマル～」

「ひゃんっ、や、やめてください～っ……！」

「こら、スミマル～ッ！　出てくるのです！　ここか⁉　こっちか⁉」

「きゃ⁉　の、ノアさん、どこに手を入れて……⁉　んぅっ……！」

ノアが佳織の服に手を突っ込み、スミマルを引きずり出した。

そのままビターン！　と床に叩《たた》き付ける。

「ぶべ────！　何をするマルか⁉」

「いい加減にするのです！　これ以上佳織さんにセクハラしたら、イカ焼きの屋台に売り払って、お前が使い込んだ分のお金の足しにしてやるのですよ！」

「ひどいマル！　ボクはただ怖くて隠れたかっただけで──んっ⁉　あ、あれは……⁉」

スミマルの目が、会場の一角に吸い寄せられる。

そこには、可愛《かわい》らしいキャラクターのイラストが描かれた仕切りが立っていた。

どうやら仕切りの奥は、スタッフの控え室になっているらしい。

「？　なんなのです？　あのイラストがどうかしたのです？」

「とても大きな剣を持った、可愛い女の子の絵ですね」

「って、あれ？　あの子、誰かに似ているような気がするのですが……」

そこに描かれた黒髪のキャラクターを見て、スミマルが目を輝かせる。

「あ、あの子は……ボクの大好きなリリーちゃんマル！　もしかして、リリーちゃんが出演するステージがあるマル⁉　うひょおおおおお！」

「り、リリーちゃん？」

呆気《あっけ》に取られる佳織とノアに、スミマルは早口でまくし立てる。

「リリーちゃんは、『悠久の戦乙女《ヴァルキリー》』に登場する大人気キャラクターマル！　『悠久の戦乙女《ヴァルキリー》』は魅力的なキャラクターと壮大な世界観で今期大注目のアニメで、ボクもサブスクで毎週ばっちりチェックしているマル！　剣と魔法が交錯する世界で、大切なものを守るために華やかに戦う戦乙女《ヴァルキリー》たち！　そしてその中でも、ボクの最推しリリーちゃん……！　可憐《かれん》で清楚《せいそ》で、何より友だち想《おも》いでがんばり屋さんの、とってもいい子マル！」

「すごい早口なのです」

「そんなに好きなんですね」

「もちろんマル！　特典付きの円盤も予約済みマルし、サントラも注文してあるマル！　リリーちゃん関連のグッズという グッズは片っ端からカートに入れたマル！　はぁ～届くのが楽しみマルな～。あ、支払いよろしくマル、ノア！」

「おおおお～～～ん!?　聞き捨てならねぇのですが～～～～!?」

「ノアだって、また怪しい儲《もう》け話に飛びついてお金をだまし取られてたマル。ノアに比べたら、断然有意義なお金の使い方マル！」

「スミマルは好き放題やりすぎなのです、ちょっとは自重しろなのです！」

取っ組み合う二人をよそに、佳織はとある案内に目を留めた。

「この後、その『悠久の戦乙女《ヴァルキリー》』のステージがあるみたいですね。人気キャラクターに扮《ふん》したコスプレイヤーさんも登場するとか……スタッフさんが、観覧席の整理券を配っていますよ」

「『悠久の戦乙女《ヴァルキリー》』のステージ!?　うおおおお絶対リリーちゃんも登場するに決まってるマル！　見たいマル見たいマル、整理券くださいマル～～～～！」

「あっ、スミマル!?」

スミマルは若い女性スタッフの元へすっ飛んでいった。

「整理券くださいマル、くださいマル！　ボクの自慢のエンペラを好きなだけ触っていいマルから！　今なら特別に吸盤のオマケもつけるマル！　きゅぽきゅぽ吸い付いて楽しいマルよ、ほ～～～ら、きゅぽきゅぽ～～～！」

「ひい⁉　な、なに、このイカ⁉」

スタッフを怯《おび》えさせているスミマルを、ノアがベチ――――ン！　とたたき落とす。

「人様にご迷惑を掛けるななのです――――！」

「ぶえええええええ⁉」

ズザアアアアアアアア！

スミマルは、勢いよく地面を滑り――そのまま仕切りの下を潜って、スタッフの控え室に消えていった。

「ああっ⁉　す、スミマルさ――――ん⁉」

「オワ――――⁉　やべぇのです、そんなつもりじゃなかったのです！」

佳織とノアはスミマルを回収すべく、慌てて仕切りの中を覗《のぞ》き込んだ。

そこはやはりイベントスタッフの控え室のようだった。

キャラクターのグッズやイラストが所狭しと並び、たくさんのスタッフがイベントの準備を進めている。

そんな中、空の段ボールが積んである一角に注目が集まっていた。

「な、なんだ、あれ？　急に滑り込んできたぞ」

「イカのおもちゃかしら？」

「す、すみません、こちらにイカさんのぬいぐるみが来ませんでしたか——って、いました——！」

佳織たちは、頭から段ボールに突っ込んでぐったりと伸びているスミマルを発見した。

「あわわわわ、すみませんすみません、少しだけお邪魔します……！」

「ノアたちのことはお気になさらずなのです！」

スミマルに駆け寄って拾い上げると、スタッフたちに頭を下げる。

「ほ、本当に申し訳ありませんでした！　すぐに出ていきますので……！」

急いで外に出ようとした時、柔らかな声が掛かった。

「佳織さん？」

「！」

聞き覚えのある声に振り返る。

そこには、洗練された美貌の女性が立っていた。

「美羽《みう》さん……！」

それは、佳織《かおり》の知り合いの御堂《みどう》美羽であった。

美羽は今をときめく大人気モデルで、有名な雑誌の表紙を数多く飾り、憧れている女の子も多い。

普段は大人びた佇《たたず》まいをしているが、今日はファンタジーな衣装に身を包み、長い髪を編み込んでいた。

美羽はすぐに、怪訝《けげん》そうにしているスタッフたちに説明する。

「驚かせてしまってすみません、この方々は私の友人です」

するとスタッフたちは安心したように元の作業に戻った。

美羽は佳織に向き直ってふわりと微笑《ほほえ》む。

「お久しぶりです、佳織さん。お元気でしたか？」

「はい！　あの、お騒がせしてしまってすみません」

「いいえ、思いがけずお会いできて嬉《うれ》しいです。ところで、さっきのぬいぐるみは……」

スミマルはというと、いつの間に意識を取り戻したのか、血走った目で美羽を見ながら鼻息を荒くしていた。

「うおおお〜〜カトレアちゃん！　カトレアちゃんが三次元に実在しているマル！　――もご！」

カトレアちゃんの魅力を余すことなく再現できるなんて、神、いや女神マルか〜!?　――もご！」

ノアがスミマルの口を塞ぎつつ自己紹介する。

「えっと、こいつはちょっとおしゃべりなおもちゃなのです、お気になさらず！　そして私はノアというのです、よろしくお願いしますなのですっ！」

「もごご、もごご！」

「まあ、最近のおもちゃはすごいんですね……。私は美羽といいます。よろしくお願いしますね、ノアさん」

「ほああ、なんて綺麗《きれい》な人なのですか……オトナの女性なのです〜……」

ノアはすっかり美羽に見とれている。

佳織は美羽の衣装に目を移した。

「それにしても美羽さん、そのような服もお似合いになるのですね。とても素敵です」

「ふふ、ありがとうございます。今日は、大人気の『悠久の戦乙女《ヴァルキリー》』というアニメのＰＲで、この衣装を着させていただくことになったんです。私はカトレアさんというキャラク

ターでステージに出演させていただくんですよ」

「そうなんですね！　モデルだけではなく、こういうイベントもこなされるなんて、いろいろなところでご活躍されていてすごいです！」

そんな会話をしている間に、スミマルがノアの手から抜け出した。

「ぷはぁっ！　カトレアちゃんがいるってことは、当然リリーちゃんもいるマルよね⁉　どこマル、早く出てくるマル！　リリーちゃ～～～ん！」

大興奮するスミマルだが、美羽は目を伏せた。

「それが、本当はリリーさんも一緒にステージに立つ予定だったのですが……リリーさん役を演じるはずだった方が、体調を崩して早退してしまわれて……今日出演するのは、急遽《きゅうきょ》私だけになってしまったんです」

「まあ……」

「もちろん、他にもクイズコーナーやグッズ販売などはあるんですけど、やはりステージを楽しみにしている方が大勢いらっしゃいますし、リリーさんはとても人気のあるキャラクターなので、お客さんをがっかりさせてしまうと思うと心苦しくて……」

「そうなのですね……」

美羽の悲痛な表情を見て、佳織も胸を痛める。

常に本気で仕事に臨んでいる美羽だからこそ、客の期待を裏切ってしまうことを気に病んでいるのだろうことは容易に想像できた。

「おお、なんという……なんということマル……ッ！」

「スミマルさん？」

振り返ると、スミマルが憤怒《ふんぬ》の炎を燃やしていた。

「ボクの愛するリリーちゃんがいないなんて……そんなの絶対に絶対に認めないマルよ〜〜〜ッ！」

「そ、そんなことを言っても……」

「リリーちゃんとカトレアちゃんは一心同体マル！　互いに想い合い、常に一緒にいる大親友、いやソウルメイトマル！　なのにリリーちゃんがいないなんて……カトレアちゃんを一人でステージに立たせるなんて！　そんなの解釈違いマル！　天が許しても、このボクが絶対に許さないマルよ〜〜〜〜！」

「す、スミマルさん、落ち着いてください」

スミマルを必死になだめる佳織の横で、ノアが首を傾《かし》げる。

「それって、代わりの人を呼ぶことはできないのですか？」

「それが、スタッフさんも手を尽くして探しているのですが、急なことですし、なかなかイメージに合う方がいないみたいで……」

　スミマルが悔しげに触手を震わせる。

「くっ……確かに、リリーちゃんを演じられる子なんて、そう簡単にはいないマル！　さらさらの黒髪に、清楚《せいそ》で凛《りん》とした佇まい。守ってあげたくなるような華奢《きゃしゃ》な身体《からだ》に、優雅な所作。優しくて健気《けなげ》で、何事にも真面目に取り組む姿勢っ……！　そんな完璧な女の子なんてどこにもっ――……ん？」

「？　スミマルさん、どうかしましたか？」

　スミマルは何かに気付いたように佳織を凝視し――ものすごい勢いでその手を握った。

「佳織！　佳織がリリーちゃんになるマルよ！」

「え――えええええっ!?」

「リリーちゃんを演じられるのは佳織しかいないマル！　ていうか、佳織こそが適役マル！」

　ノアも「あっ！」と声を上げる。

「そういえばあのキャラクター、誰かに似ていると思ったら佳織さんだったのです！」

「むしろどうして今まで気付かなかったのか不思議なくらいマル！　どこからどう見ても解釈一致マル、最高マル～～！　うっひょ～～～～！」

「た、確かにぴったりですけど、ご迷惑をお掛けしてしまいますよね……」

戸惑う美羽に、スミマルはどんと胸を叩《たた》いた。

「大丈夫マル、佳織に任せるマル！　運営やスタッフにも、ボクから直談判《じかだんぱん》するマル！」

「ま、待って下さいスミマルさん、一体何の権限でそんなことを……⁉　それに、そんな大役、私にできるかどうか……！」

佳織が慌てるが、スミマルは険しい顔で告げる。

「逃げちゃダメマルよ、佳織。これも魔法少女としての仕事マル！」

「そ、そうなんですか⁉」

「そうマル！　人をたくさん喜ばせてこその魔法少女！　逆にそれができないなら、魔法少女失格マル！　ノアを見るマル、人を喜ばせるどころか失望させ続け、プリズムワンダーランドで大人気の賭博《とばく》──『チキチキ☆魔法少女クビ候補選手権』で、常にクビ予想ぶっちぎりの一位マルよ！」

「余計なお世話なのですが⁉」

「ひ、人を喜ばせてこその魔法少女……！」

佳織はしばし煩悶《はんもん》し、ついに宣言した。

「わ、分かりました、私でよろしければっ……！」

「やったマル～～～～！　早速スタッフに話をつけてくるマルよ～！」

リリーそっくりの少女が現れたという噂《うわさ》は、あっという間に広がった。

「ほ、本当にリリーちゃんそっくりだ……！」

「こんな可愛《かわい》い子、どこで見つけてきたの⁉」

「見た目だけじゃなくて、所作や表情までぴったりだわ……！」

「ふふふ、みんな驚いてるマル。ボクの目に狂いはないマル」

スミマルが誇らしげに腕組みをする。

リリーの衣装を手にしたスタイリストの女性が、佳織の背を押した。

「それじゃあ、さっそくこの衣装に着替えてね！」

「あわわわ、た、大変なことになってしまいました……！　本当に引き受けて良かったのでしょうか……⁉」

佳織は一抹の不安と共に、更衣室に押し込められるのであった。

＊＊＊

「ど、どうでしょうか……？」

佳織は更衣室から出ると、ノアたちにおずおずと尋ねた。

ファンタジー風の衣装をまとったその姿を見て、美羽が目を輝かせる。

「まあ、とても似合っています！　難しい衣装をこんなに上品に着こなせるなんてすごいです、佳織さん！」

「うおおおお、すっごく可愛いのです！　まるであのイラストから抜け出してきたみたいなのです！　ねっ、スミマル――」

ノアも歓声を上げて、スミマルに同意を求める。

しかし。

スミマルはわなわなと怒りに震えていた。

「なんという……なんということマル、このぺらっぺらな衣装は⁉」

「ええ⁉」

「こんなの、リリーちゃんの魅力を全っっっ然分かってないマルッ！　この作品は重厚さが魅力だというのに、こんな安っぽい衣装は認めないマル～～～～！」

「「ええええええええ⁉」」

まさかの激怒に、佳織たちは目を丸くする。

「そ、そんな……でも、どうすれば……」

「今から衣装を作り直す時間なんてないのです！」

「リリーちゃんはボクの最推しマル！　妥協なんて許せないマル……っていうか、よく見たら、カトレアちゃんの衣装だって詰めが甘いマル、甘すぎるマル！　原作通り、もっとゴージャスかつセクシーに、素材を活《い》かす工夫が随所に施されているべきマル！」

「え？　で、ですが……」

「我慢ならないマル！　その衣装、まとめてボクが完璧に作ってみせるマル～！」

スミマルは戸惑う二人へと触手を伸ばし、おしりにきゅぽんと吸盤を吸い付かせた。

「きゃあああ!?」

「きゅ、急に何をするんですか!?」

「動いちゃダメマル！　リリーちゃんとカトレアちゃんを完璧に再現するために必要なことマル！　うおりゃあああああああ～～～～～マル～～～～～～！」

スミマルが叫んだ瞬間、吸盤が虹色に輝き、ピロリロンと軽快なメロディを奏《かな》で――

「きゃあっ……!?」

「こ、この光は……!?」

二人の服を眩《まばゆ》い光が包んだかと思うと、みるみる変化を遂げた。

「ふう、これで原作完全再現マル！」

「な、何が起こって……えっ⁉　こ、これは……！」

美羽《みう》が服の変化に気付いて驚く。

衣装の生地は先程とは比べものにならないほど重厚になり、装飾は細部まで丁寧に作り込まれ、格段に華やかになっていた。

「服が変わっています……⁉　これは一体……⁉」

「え、ええと、スミマルは最新式のおもちゃなので、お着替え機能がついているのですよ～！」

「そ、そうなんですか⁉」

「えへへへ、そうなのです～、でもおしりに触る必要は全然なかったと思うので、あとでノアがしばいておくのです～」

「すごいですスミマルさん、着心地が全然違います……――って」

「「きゃあああ⁉」」

佳織《かおり》と美羽が、真っ赤になって胸を押さえた。

「あのっ、布の面積が減ったような気がするのですが⁉」

佳織が涙目になる通り、二人の衣装は先程よりもかなり露出が多くなっていたのだ。

スミマルが神妙な顔で重々しく告げる。

「原作を忠実に再現したらこうなってしまうマル！　文句があるなら原作にどうぞマル！」

「なんだ、てっきりスミマルの趣味かと思ったら、こっちが原作通りなのですね」

「うう、こ、この姿でステージに出るなんて、恥ずかしいです〜……」

胸を覆って縮こまる佳織だが、美羽は頬を上気させながらも、決意を宿した目を上げた。

「で、でも、これでファンの皆さんに喜んでいただけるのであれば、望むところです……！」

「さ、さすがはプロのモデルさんです……！　私もがんばらないと……でも、うう……」

耳まで赤くなる佳織を、ノアが励ます。

「佳織さん、恥ずかしがることはないのです、とっても素敵なのです！」

「ノアさん……」

「確かに露出度は高いけど、原作再現ヤバすぎなのです！　ファンタジーな服も似合うなんて、やっぱり佳織さんはすごいのです〜！」

「そうマルよ！　うふふふ、リリーちゃんもカトレアちゃんも、とっても素敵マルよ〜〜〜うふふふふ！」

その時、スタイリストの女性が近付いてきた。

「どう？　サイズは合ってるかしら？　……って、まあ！」

佳織と美羽を見て目を見開く。

「二人とも、その衣装は一体……!?　少し安っぽさが気になってたんだけど、すごく重厚になってるじゃない！」

「あ、ええと……」

スタイリストの女性は興奮した様子で衣装を子細に観察する。

「この作り、原作の忠実再現ね、素晴らしい。そしてそれを見事に着こなしているあなたたちはもっと素晴らしい！　まるで原作から抜け出したみたいだわ！　私の勘が告げている……このステージ、絶対に成功するわ！」

「あ、ありがとうございます、がんばります……！」

「ステージの内容については、後で詳しく打ち合わせするわね。それまでゆっくりしててね！」

スタイリストはご機嫌で去っていった。

佳織はほっと息を吐くと、美羽を振り返る。

「そういえば……美羽さん、この『悠久の戦乙女《ヴァルキリー》』は、どのような作品なんですか？」

「ええとですね……」

「『悠久の戦乙女《ヴァルキリー》』の説明なら、ボクにお任せマル！」

「きゃっ⁉」

説明しようとする美羽に、スミマルが割り込んだ。

「『悠久の戦乙女《ヴァルキリー》』の世界では、大陸の領土を狙う敵と日々激しい戦いが繰り広げられているマル！　才能ある少女たちは、大陸を守護する戦乙女《ヴァルキリー》になるため、特別な学園に入学して切磋琢磨《せっさたくま》するマル！　最初はチームワークも悪くて失敗ばかりマルが、絆《きずな》を育みながら成長する姿が尊くて応援したくなるマルな～！　戦乙女《ヴァルキリー》たちの敵は、恐ろしい怪物を駆使する巨大な組織で――」

「早口やめろなのです」

「さ、最近のおもちゃは高性能なんですね……」

「勉強になります……！」

佳織はスミマルの熱弁を聞きながら、賢明にメモを取る。

「戦乙女《ヴァルキリー》は、それぞれ愛用の武器を持っているマル！　リリーちゃんの愛剣は、身の丈ほどもある神剣『セラフィム』マル！」

美羽が、小道具の箱から巨大な剣を取りだした。

「あ、これですね」

「わあ、大きい剣なのです」

「うおおおお『セラフィム』マル～～～!?」

「きゃあ!?」

スミマルが美羽が持っている剣に食いついた。

「はぁはぁはぁ、すごいマル、なんて精巧に作られているマルか!?　こいつぁファンも納得の出来マルっ！」

「そ、それがリリーさんの武器なんですね」

「そうマル！　神剣『セラフィム』――邪悪なドラゴンをも両断する、伝説の剣マル！　必殺技は《リリー・スラッシュ》！　第八話でピンチに陥ったカトレアちゃんを助けるため、リリーちゃんがぼろぼろになりながらも初めて放った技マル！　怖くても親友のために必死に強大な敵に立ち向かう姿が健気《けなげ》で尊いと、ファンの心を鷲掴《わしづか》みにしたマルよ～！」

「で、でも私、剣なんて持ったこともないのですが、大丈夫でしょうか……？」

「軽い素材で作られているので、心配ないと思いますよ」

美羽が笑って剣を差し出す。

おそるおそる大剣を受け取った佳織は、目を見開いた。

「本当です、とても軽いです！」

「試しに振ってみてはどうですか？」

「はい！　――えいっ！」

佳織は剣を振りかぶると、振り下ろした。

「こ、こんな感じでしょうか――」

「全然ダメマル」

「え？」

スミマルが険しい顔で吼《ほ》えた。

「全くなってないマル！　そんなへなちょこな太刀筋じゃ、あの感動シーンの再現はできないマル！」

「そ、そんな……！」

「いや別に、そこまでやる必要ないと思うのですが……」

ノアが呆《あき》れ顔で呟《つぶや》くが、スミマルは激しくかぶりを振る。

「細部まで本気でこだわらなきゃ、ファンを感動させることはできないマル！　こうなったら特訓マル！　完璧な《リリー・スラッシュ》が放てるようになるまで、一切妥協しないマルよ！」

「ええ……は、はい……」

　こうして、スミマルによる特訓が始まった。

「《リリー・スラッシュ》は、極限まで力を高め、敵を斜めに斬り下ろすことで真の力が発揮されるマル！　やってみるマル！」

「はいっ！　てやぁっ！」

「全然できてないマル！　斬ることだけでなく、軽やかさを意識するマルよ！　ボクの真《ま》似《ね》をするマル！　こうマル！　はあああ～～～っ！」

　スミマルはエンペラと触手を眩く輝かせながら、鋭い斬撃を放った。

「『神剣よ、悪を断て！　《リリー・スラ――――ッシュ》！』マル！（ズバァーッ！）」

「すごいです、スミマルさん！」

　練習に打ち込む二人を、美羽が驚きながら見つめる。

「とても本格的ですね……あのイカさん、本当におもちゃなんですか……？」

「ふぁっ⁉　はははい！　ちょ、超高性能なＡＩを搭載している、最新型のおもちゃなのですよー、あははははー！」

「なる、ほど……？」

こうして、イベントの時間が近づいてくるのであった。

＊＊＊

「お待たせしました！　もうまもなくで、リリーちゃんとカトレアちゃんのステージが始まります！」

いよいよ『悠久の戦乙女《ヴァルキリー》』のステージが始まった。

会場には大勢のファンが詰めかけているらしく、大きな歓声が聞こえてくる。

佳織と美羽は、ステージの裏でスタンバイしていた。

「も、もうすぐ出番ですね……ドキドキしてきました……」

緊張している佳織に、美羽が微笑《ほほえ》みかける。

「大丈夫ですよ。佳織さんはもう、どこから見てもリリーちゃんそのものです」

「あ、ありがとうございますっ」

ノアとスミマルも励ましの声を掛けた。

「がんばってくださいなのです、佳織さん！」

「もう教えることはないマル。胸を張って、リリーちゃんの勇姿を見せるマル！」

「は、はい！」

そして、いよいよその時が訪れる。

「さあ、皆さまお待ちかね、リリーちゃんとカトレアちゃんの登場です！」

「さあ、行きましょう、佳織《かおり》さん」

「はいっ！」

司会に呼ばれて、キャラクターの衣装に身を包んだ佳織と美羽《みう》が舞台に上がる。

──その途端、会場を揺るがすような大歓声が上がった。

「うおおおお、すげえええええ!?」

「二人ともなんて可愛《かわい》いの!?　原作再現すぎるんだけど！」

会場を埋め尽くすファンを前に、佳織は内心で驚いた。

「す、すごい歓声です……！　こんなにたくさんの方が楽しみにしているんです、がんばらなければ……！」

緊張しながらも柔らかい微笑みを浮かべると、何度も練習したセリフを口にする。

「『こんにちは、リリーです。今日は来てくださってありがとうございます。お会いできて嬉《うれ》しいです！』」

「『カトレアよ。みんな、今日はめいっぱい楽しんでいってね』」

「「うおおおおおっ！／きゃあああああっ！」」

興奮の雄叫《おたけ》びを聞いて、佳織が目を大きく見開く。

「『わあ、喜んでくださって嬉しいです！』」

「『私たちの勇姿、その目に焼き付けてちょうだい』」

佳織と美羽は、アニメのメインビジュアルとして有名な、手と手を合わせて頬を寄せるポーズを取った。

「『ど、どうでしょうかっ？』」

「『ふふ、少し恥ずかしいわね』」

そのあまりの再現度と麗《うるわ》しさに、会場が感嘆の声で溢《あふ》れる。

二人が司会の進行に合わせて色々なポーズを取る度に歓声が上がり、シャッター音が響いた。

二人はその後も剣を振ったり、アニメのシーンを再現したりと、順調にステージを繰り広げる。

佳織は緊張で少しぎこちなさもあったが、そんなところも含めて、一生懸命な様子がリリーの性格とぴったり一致しており、熱心なファンから見ても完璧であった。

美羽はさすが大人気モデルなだけあって、常に柔らかな微笑みを浮かべながらカトレアとしての所作を見事に再現し、さらに磨き抜かれた美貌によって原作以上のオーラを放っている。

「すごい！　こ、こんな完璧な再現見たことないぞ……！」

「リリーちゃん役の子は代役って聞いたけど本当なの!?　レベルが高すぎない!?」

「ああカトレア様、私の女神……美しすぎていっそ神々《こうごう》しい……！」

「ふふ、素晴らしいマル、二人とも最高に輝いてるマル。やっぱりボクがプロデュースして正解だったマルな……一歩間違えば、ダイヤの原石を失うところだったマル……」

感動する観客の中に、なぜかしたり顔で腕を組んでいるスミマルの姿もあった。

二人は割れんばかりの拍手と歓声を浴びながら、客席に向かってにこやかに手を振る。

そして大盛況の中、アナウンスが響いた。

「ありがとうございます、次のコーナーのお時間となりました！　リリーちゃんとカトレアちゃんはステージの最後にも登場しますのでお楽しみに！　お二人に盛大な拍手を！」

ステージの演《だ》し物が次のコーナーに移り、佳織と美羽は割れるような拍手を浴びながら一旦裏に戻った。

「ふぅ。ひとまずなんとかなった……でしょうか？」

息を吐く佳織を、ノアとスミマルが迎える。

「お帰りなさい、佳織さん！　すごい歓声だったのです！　みなさんとっても喜んでたのです～！」

「うう、完璧だったマルよ、佳織～！　まさか三次元でリリーちゃんを拝める日がくるマルなんて……我が人生に一片の悔いなしマル～！」

「す、スミマルさん、涙を拭いてください」

美羽も感動しながら微笑む。

「本当にすごいですね、佳織さん。佳織さんがリリーちゃん役を引き受けてくださって良かった……ファンの方があんなに喜んでくださって、私も嬉しいです」

「そんな、美羽さんのおかげです」

笑顔で手を取り合う二人を、スミマルが「尊いマル～！」と『マジカル何でも映すくん』で撮影しまくっていた。

佳織はふと時計を確認する。

「次のステージまで、まだ時間がありますね」

「はい。それまで控え室で休んでいましょう。最後に必殺技のお披露目がありますから、体力を温存しておかないと」

「は、はい！」

佳織たちは控え室に戻り、次の出番を待つことにした。

その間に会場を偵察してきたノアとスミマルが、嬉しそうに報告する。

「会場全体がすっごく盛り上がってて、大賑《おおにぎ》わいなのです！　なんでも、美羽さんと佳織さんのステージがSNSで超話題になっているみたいなのです！」

「二人のおかげだって、スタッフも大喜びマルよ！」

「まあ、それは良かったです」

「それにしてもこのイベント、めちゃめちゃ気合いが入っているのですね！　写真撮影スポットも充実してて、中でも、超大きいドラゴンの模型が大人気なのです！」

「あれは『悠久の戦乙女《ヴァルキリー》』の中盤のボスとして出てくる『エンパイア・ドラゴン』マルな！　ふふん、ボクはこの会場に入った時にすぐに気付いたマルよ。まさか実物大で再現されているなんて、感動マル～！」

興奮していたスミマルが、ふと首を傾《かし》げた。

「……あれ？　でも、なんで『エンパイア・ドラゴン』が二体いたマルか？」

「えっ？　さっきまでは一体だけでしたよね」

佳織が目を丸くし、美羽も怪訝《けげん》そうに眉を寄せる。

「変ですね、ドラゴンの模型は一体しか作っていないはずですが……」

「ほぇ？　でも、ノアも全く同じドラゴンが二体並んでいるのを見たのです。不思議そうに見てる人や写真を撮る人が集まって、ドラゴンの周りに人だかりができていたのです」

ノアが言う通り、仕切りの外からは、ドラゴンを囲んでいるであろう人たちのざわめきが聞こえてくる。

「もしかして、スタッフさんが途中でもう一体増やしたのでしょうか？」

「いえ、そんなはずは……」

「『エンパイア・ドラゴン』は世界に一体しかいないという設定なのに、おかしいマル……なんだか嫌な予感がするマル……」

スミマルの言葉に、佳織がはっと息を呑《の》む。

陸上大会で、不自然なトラブルが続出した時のことを思い出したのだ。

「こ、これはもしかして……！」

その時。


「あ、危ない！」

「倒れるぞ、みんな逃げろ！」

「きゃあああ⁉」

ドガアアアアアアッ！

「⁉」

会場から悲鳴と共に、巨大な物が倒れるような音が響いた。

「い、今のは……？」

控え室が慌ただしさに包まれる。

「ど、どうしたんだ⁉」

「それが、展示してあるドラゴンの模型が倒れたらしくて……！」

「なっ⁉　怪我人《けがにん》は⁉」

「今確認中です……！」

空気が緊迫し、スタッフたちの怒号が飛び交う。

「こ、これは……やはりデビパチさんの仕業では……⁉」

佳織が目を瞠《みは》ると同時に、スミマルのエンペラが赤く点滅し、『ビー！　ビー！　ビー！』と聞き覚えのある警報が鳴り響いた。

「た、大変マル！　嫌な予感っていうか、これデビパチの気配だったマル～～！」

「「えええええ⁉」」

「や、やはりそうでしたか！」

「察知するのが遅すぎるのですー！」

「こう見えて、ボクのセンサーはけっこう適当マル！　ボクの興奮度によって、センサー感度が上下するマル！」

「どれだけポンコツなのですか⁉」

「は、早く現場に向かわなくては……！」

事態を把握して焦《あせ》る佳織たちに、美羽が戸惑う。

「あ、あの、デビパチとは……？」

「あ、ええと……！」

しかし説明する暇もなく、スミマルが叫んだ。

「まずいマル、スタッフやお客さんの不安を吸い込んで、どんどんデビパチの気配が大きくなって……！」

——その時。

「ギャギャギャギャ————————！」

会場中にデビパチの雄叫びが響き渡った。

続いて、仕切りの外から悲鳴が巻き起こる。

「な……!?」

佳織《かおり》たちは、とっさに控え室を飛び出した。

「デビパチの声なのです！」

途端に驚きの光景が飛び込んできて、美羽《みう》が凍り付く。

「ど、ドラゴンが……!?」

二体ある『エンパイア・ドラゴン』の内、一体が横倒しになっていた。

その周囲に、間一髪で逃げた人々が怯《おび》えたようにへたり込んでいる。

「これは……わざと人だかりに向かって倒れて、お客さんを巻き込むつもりだったマルか!?」

刹那、倒れたドラゴンの模型がずるりと蠢《うごめ》いたかと思うと、巨大なタコへと変貌した。

「ギャギャギャギャ〜〜〜！」

「ど、ドラゴンがデビパチさんに……!?」

「お、大きいのです……！」

「ま、まさか、『エンパイア・ドラゴン』の模型に擬態していたマルなんて……!?」

「擬態できるタイプのデビパチさんもいるんですね……!」

その場に居合わせた人々は、黒いタコを見上げて唖然《あぜん》としている。

「な、なんだあの化け物!?　あれも展示品か!?」

「でも、巨大タコなんてアニメに出てきてないぞ!?」

佳織はノアを振り返った。

「ノアさん、変身しましょう!」

「お任せなのです!」

ノアは勢いよくステッキを振りかざし――

「あーん、ステッキに髪の毛が絡《から》まっちゃったのです～!　佳織さん、ほどいてくださいなのです～!」

「あわわわ、動かないでくださいね……!」

その間に、デビパチが客の一人――立ち尽くしている少女へと触手を伸ばした。

「ギャギャギャギャ～!」

「えっ!?　い、いやあああっ!?」

「あ、危ない!　逃げて!」

それを見ていた美羽が、とっさに駆けつける。

美羽は、少女の背を押して逃がし――触手が美羽に巻き付いた。

「きゃああ⁉」

「美羽さん！」

うねる触手が、美羽を高々と持ち上げる。

「ギャギャギャギャ～～～！」

「うっ……！」

「な、なんなんだあいつ……⁉」

「逃げろ――――！」

人々が悲鳴を上げ、屋台で買った食べ物を投げ出して逃げる。

ノアが、やっとほどけたステッキを構えた。

「ふう、失礼しました、もう大丈夫なのです。佳織さん、変身なのです！」

「はいっ！」

「『キラキラ輝く七色の世界！　パーフェクトピュアプリンセス、ドレスアップ！』」

七色の光と共に、二人はパピプリへと変身した。

物陰に避難した人々から、驚きの声が上がる。

「なんだ⁉　突然、超絶可愛《かわい》い魔法少女が現れたぞ⁉」

「あれはもしかして、噂《うわさ》のパピプリか⁉」

「SNSでも見たけど、実物はもっと可愛い、可愛すぎるわ！」

「がんばれパピプリーっ！」

「な、なんだか熱い声援が……⁉」

佳織はたじろぎつつも、デビパチに指を突きつける。

「おいたはだめですよ、デビパチさん！　美羽さんを放しなさい！」

「ギャギャギャギャ～！」

しかしデビパチは、苛立《いらだ》たしげに触手を振り下ろした。

「きゃああ⁉」

「うわわわわ⁉」

とっさに跳び退《すさ》って避ける。

ドゴオオオオオオッ！

重量級の一撃が、床を粉砕した。

「これじゃあ近付けません！」

「大丈夫なのです、魔法道具で遠距離から攻撃すれば――」

ノアが落ちていたカメラを魔法道具にしようと駆け寄る。

しかしその寸前、触手がカメラを弾《はじ》き飛ばした。

「あっ！」

「ギャギャギャ～！」

ドガッ！　バキィッ！

デビパチは長い触手で暴れ回り、二人に態勢を整える暇を与えない。

佳織とノアは、鞭《むち》のように乱舞する触手を回避しつつ、唇を噛《か》んだ。

「くっ、こいつ、隙がないのです……！」

「それに、下手に攻撃すると美羽さんに当たってしまいます……！」

「んっ、うぅ……！」

触手に締め上げられて、美羽が苦しげな声を漏らす。

「美羽さん！」

「一体どうすれば……！」

周囲の人から心配そうな声が上がる。

「パピプリが苦戦してるぞ！」

「だ、大丈夫なのか……⁉」

そんな中、スミマルはデビパチの周囲を飛び回っていた。

「このままじゃマズいマル、なんとかしてこいつの弱点を探さなくちゃ！　……それにしても、触手に巻き付かれている美羽ちゃんはセクシーマルねぇ～、うふふふ。おぉ、こっちの角度はさらにきわどいマル――（バシ――――ン！）ぶえええぇ！」

目尻を下げている中、触手が命中して吹き飛ばされ、ズザザザー！　と屋台が並んでいる方まで飛ばされる。

「何をするマルか――――！　イケメン、いやイカメンな顔が削れちゃったマルよ、もう――」

スミマルはプリプリしながら、傷だらけになった顔を上げ――その目の前に、イカの丸焼きが落ちていた。

「びえええええ⁉」

跳び上がって、柱の裏に隠れる。

「はあ、はあ、びびびびっくりしたマル！　なんでもかんでもおいしくいただくなんて、この世界の人間はおそろしいマル！　……あれ？　ってことは……――」

スミマルが何かに閃《ひらめ》いた、その頃。

佳織とノアは、デビパチ相手に苦戦していた。

「喰《く》らえ、《プリズム・配線コード》！」

ノアが触手攻撃の合間を縫って、魔法道具化したコードを投げる。

しかし、触手によってあっさりと蹴散らされた。

「ギャギャギャ！」

「くっ、やっぱりあの巨体じゃ、チャチな攻撃は通用しないのです！　大技で仕留めないと……！」

「でも、隙がありません……！　それに、いま大技を放つと、美羽さんを巻き込んでしまいます！」

「ううっ、魔法少女パピプリ最大のピンチなのです……っていうか、スミマルはこんな時にどこで何をしているのですか⁉」

ノアが苛立たしげに地団駄を踏んだ時、会場の隅にいるスミマルが大きく手を振った。

「佳織、ノア～～～！」

「あっ、スミマル！　今までなにを――」

「デビパチをこっちに追い込むマル！　とってもいい作戦を思いついたマルよ～！」

く。

「あ、あれは……⁉」

佳織はスミマルが手招きしている場所――屋台の一角を見て、瞬時にその真意に気がつく。

「ノアさん、スミマルさんの指示に従いましょう！」

「えっ、えっ？」

「とにかく、デビパチさんをスミマルさんのところまで誘導するんです！」

「うぇぇ⁉　わ、分からないけど分かったのです！」

ノアはデビパチに向き直ると、ぴょんぴょんと跳ねた。

「やーい、やーい！　タコ助、タコ野郎、タコ坊主《ぼうず》～！　お前の血は何色だ～！　悔しかったらここまでおいで～！　おしりぺんぺん～！」

幼稚な挑発に、デビパチの目がみるみるつり上がる。

「グギ、グギャギャギャアアアアッ！」

「おし、手応えありなのです！　さあ、佳織さんも悪口を言いまくるのです！」

「は、はい！　ええと……やーい、やーい、大きくて、足が八本あって、うねうねしていて、えっと、えっと、足が八本ありますねー！」

「なんで二回言ったのですか⁉　あとそれ全然悪口じゃないのです、ただの事実なのです！」

「グギギィィイイイイッ！」

デビパチが怒りの雄叫《おたけ》びを上げ、凄《すさ》まじい勢いで突進してくる。

「うわわわわわ!?　ものすごく怒ってるのです！　もしかして足が八本って、超絶悪口だったりするのですか!?」

「も、もしそうだとしたら、申し訳ないことをしてしまいました……！」

「うおおおおお、めっちゃ追いかけてきてるのです～！　逃げるのです～～！」

「ノアさん、そっちじゃないです、こっちですよ！」

「二人とも、急ぐマルよ～！」

スミマルの声を頼りに、うねる触手をかいくぐって逃げる。

そして、二人はついに居並ぶ屋台の一角に追い詰められた。

「グギギギッ、ギャギャギャ～！」

会心の笑みを浮かべるデビパチを前に、佳織《かおり》が声を張る。

「あ、ああー！　お、追い詰められてしまいましたー、どうしましょうー！」

「佳織さん、すごい棒読みなのです！　っていうか、ここからどうすればいいのですか!?」

「おそらくここからが、スミマルさんの作戦の肝です……！　私が合図をしたら避《よ》けてください！」

「が、合点承知なのです！」

「グギャ、グギャギャギャ！」

勝利を確信したデビパチが、二人を叩《たた》きつぶすべく嬉々《きき》として触手を振り上げる。

「ギャギャギャ～～～～～～～～～～！」

「今です！」

勢いよく振り下ろされた触手を、佳織とノアは間一髪で避けた。


ドガアアアアアアアアアッ！


触手が屋台を破壊し、辺りに食材が飛び散った。

デビパチは、佳織たちを探して周囲を見渡し――

「ギャギャ、ギャ……」

「ギャギャギャアアアアアアアアアアアアア!?」

デビパチが何かに気付いて目を剝《む》く。

――その足元に散らばるのは、大量のたこ焼きとたこの切り身であった。

「ギャ、ギャ……!?」

切り身を前に愕然《がくぜん》とするデビパチに、佳織が指を突きつける。

「やっと気付いたようですね……そう、これはたこ焼き屋さんですっ！　私たちは追い詰められるふりをして、あなたを誘導していたんですよ、デビパチさん！」

「そ、そういうことだったのですね！」

「ギャ、ギャギャギャ～!?」

デビパチが恐怖に身を縮めて後ずさる。

そんなデビパチに向けて、スミマルが勝ち誇った。

「気付くのが遅かったマルな、デビパチ！　お前が今攻撃しようとしているのは、こんなことをする恐ろしい生き物マルよ！　ふ、ふふふ、ボクも怖いマル、怖くて震えが止まらないマル……キュートでラブリーなボクは許されるけど、好き放題暴れたお前は、既に手遅れマル！　この切り身と同じように、細かく切り刻まれて小麦粉で丸く成形されてアツアツに熱されてソースとマヨネーズと一緒においしく食べられる運命マルよッ！」

「ギャギャギャ～！」

あまりの恐ろしさに、デビパチが震え上がった。

その弾みに触手の力が抜け、美羽《みう》が落下していく。

「美羽さん！」

佳織は、落ちてくる美羽を受け止めた。

「あ……」

美羽は一瞬虚《うつ》ろな目で佳織を見たが、すぐに気を失ってしまった。

「どうやら、怪我《けが》はないようですね……」

呼吸にも異常が無いことを確かめて、安全な場所にそっと横たえる。

「ギャ、ギャギャギャギャ～……！」

すっかり怯《おび》えて竦《すく》み上がっているデビパチを前に、スミマルが吼《ほ》える。

「さあ、今なら倒せるマル！　一気に畳みかけるマル！」

「はい！」

「準備は万端なのです！　佳織さん、これを使ってくださいなのです！」

ノアが佳織に、巨大な物体を投げ寄越した。

「！　こ、これは……！」

「リリーさんの剣を、魔法道具にしておいたのです！」

佳織は受け取ったリリーの愛剣『セラフィム』を構えた。

身の丈ほどもある巨大な刀身が、魔法の力によって神秘的な光を帯びている。

「ありがとうございます、ノアさん！」

「さあ佳織、特訓の成果を見せる時マルッ！」

「はい！　はあああああ〜〜〜ッ！」

佳織は全身の力を柄に込めた。

虹色の輝きが剣に集まり、一気に弾《はじ》ける。

「『神剣よ、悪を断て！　《リリー・スラ――――――ッシュ！》』」

ズバアアアアアアアアアアアッ！

「ギャギャギャギャ〜〜〜⁉」

佳織が剣を振り下ろすと同時、光の帯が放たれた。

「あ、あれはリリーちゃんの必殺技⁉　しかもセリフも完全再現⁉」

「魔法少女が《リリー・スラッシュ》を⁉」

「まさか本物が見られるなんて……！」

物陰から見守っていたファンたちが、推しの必殺技を見て感涙する。

光の帯は、デビパチを真正面から両断し――デビパチから黒い霞《かすみ》が抜けて、虹色に変わった。

バシュウウウウウウウウウウウウウウウッ！

「ギャギャギャ――――――――――――――！」

「やった、浄化されたのです！」

「おっしゃあああああああ、今マル！　シャイニー・たこ壺《つぼ》～！」

「ギャギャギャギャ～～～～～～～～～！」

巨体がみるみるうちにたこ壺へと吸い込まれた。

すると、デビパチによる破壊の跡がたちまち修復され、辺りに平穏が戻る。

「や、やりました……！」

一拍遅れて、割れるような拍手が巻き起こった。

「すごいぞ、魔法少女パピプリ！」

「かっこよかったし可愛《かわい》かったわ！」

「《リリー・スラッシュ》の再現度すげ――――！」

「すっかりファンになったよ！　グッズが発売されたらぜひ教えてくれ！」

「あ、ありがとうございますっ」

口々に上がる声援に、佳織が律儀《りちぎ》に頭を下げる。

「やったマル！　これで一件落着マル～！」

「あんなデカブツを一撃で浄化しちゃうなんて、やっぱり佳織さんはすごいのです！」

「スミマルさんのおかげです。デビパチさんの弱点がたこ焼きだと見抜くなんて、お手柄ですね」

「うふふふ～そんな～、褒めすぎマルよ～。でもご褒美《ほうび》に、あんなことやこんなことをしてくれてもいいマルよ～うふふふ～」

「調子に乗っちゃだめなのですっ！」

その時、背後から小さな声がした。

「あの……」

「美羽さん！」

そこには意識を取り戻した美羽が立っていた。

美羽は佳織たちに深々と頭を下げる。

「助けてくれてありがとうございます、パピプリさん。なんとお礼を言ったらいいか……」

「いいえ、ご無事で良かったです」

佳織は心から安堵《あんど》しながら、柔らかく微笑《ほほえ》む。

その笑顔を見て、美羽がふと目を瞠《みは》った。

「あら？　あなた……佳織さんに似ていますね。他人のそら似でしょうか……」

「!?　そ、そうですよ、そんなまさか、別人に決まっているじゃないですか、あはは！」

「そ、そうですよね、佳織さんがそんな破廉恥な格好をするわけがないですもんね」

「うっ」

佳織は涙目になりつつ、スミマルを小声で振り返った。

「スミマルさん、どうなっているんですか!?　認識阻害機能は――」

「うーん、本当は一刻も早く最新機種にグレードアップしたいマルが、ノアがへっぽこなせいで予算が下りないマル。やれやれ、世知辛いマルな～」

「ひとごとですか!?」

その時、スタイリストが美羽に声を掛けた。

「美羽ちゃん、ステージを再開したいんだけど、佳織ちゃんがどこにいるか知らない？」

「え？　そういえば、急に姿が――」

スミマルが青ざめる。

「大変マル！　リリーちゃんがいなきゃ、お客さんががっかりしちゃうマル！」

「オワー！　急いで戻るのです！」

「あっ、そ、それでは失礼しますー！」

佳織《かおり》はノアとスミマルと共に、慌ててその場から走り去ったのであった。

＊＊＊

「『神剣よ、悪を断て！　《リリー・スラッシュ》』！」

「『聖なる光よ、舞い踊れ！　《カトレア・ロンド》』！」

「「「うおおおおおおおお！」」」

会場の安全が確認された後、『悠久の戦乙女《ヴァルキリー》』のステージが再開した。

佳織と美羽はそれぞれ必殺技を披露し、大歓声を浴びる。

「リリーちゃん、カトレアちゃん、ありがとうございました！　以上、本日最後のステージでした！　皆さま、お二人に盛大な拍手をお送り下さい！」

そして、『悠久の戦乙女《ヴァルキリー》』のステージは、熱狂の内に幕を閉じたのであった。

「ふう、なんとかやり切りました……！」

「お疲れ様なのです、佳織さん！」

「最高のステージだったマルよ～！」

額を拭う佳織に、美羽が頭を下げる。

「佳織さん、本当にありがとうございました。おかげでファンのみなさんも喜んでくださいました」

「いえいえ、美羽さんがいろいろと教えてくださったおかげです」

「リリーちゃんとカトレアちゃんの最高のステージも見られて、ボクも大満足マル。二人とも、よくボクの厳しいプロデュースにもめげずについてきたマルな」

「何を偉そうにしているのですか」

「あの、もしよろしければ……先程、屋台の方々からいただいたんです」

美羽はそう言って、両手に重そうな袋を差し出した。

「なんだかおいしそうな香りがします……これは？」

美羽はにっこりと微笑む。

「イカの姿焼きにスルメ、イカがたっぷり入った海鮮やきそば、イカの塩辛、イカのバター醤油《じょうゆ》です」

「ぴえええええマル～～～～～～!?」

「イカ尽くしですね!?」

「あら？　確かに言われてみればそうですね……でも、どれもおいしいと評判ですよ。皆さまで召し上がってください」

「怖いマル！　しれっと共食いさせようとしてるマル、怖いマル～！」

「あ、ありがとうございます、いただきますね」

大量のイカ料理を佳織が受け取り、ノアがにやにやとスミマルを見る。

「良かったのですね、スミマル。お仲間がたくさんなのですよ」

「ひぃぃ～ん！　やっぱり人間は怖いマル～～！　助けてリリーちゃ～～～ん！」

会場に、スミマルの悲痛な叫びが響いたのであった。

＊＊＊

「いやあ、今回も大活躍だったのです～～～！」

美羽《みう》と別れて会場を去った後。

晴れ晴れとイカのバター醤油を頬張るノアに、佳織が微笑む。

「ええ。無事に解決できて良かったです。それにしても、まさか物に擬態できるなんて……本当にいろんな種類のデビパチさんがいるんですね」

「そうなのです。デビパチの生態は多種多様で、まだ発見されていないタイプのデビパチもたくさんいるそうなのです」

「そうマル、心の準備をしておくマルよ！　もっとヤバいヤツもいるマルからな！」

「そ、それは例えばどのような……？」

「ええと、まあ……会ってみれば分かるマル！」

「心の準備のしようがないのですが……!?」

「まあ今のところとっても順調だし、佳織のプリズムパワーをもってすれば、どんな敵でも問題ないマルよ～」

「ほ、本当でしょうか……？」

不安げな佳織とは裏腹に、ノアは暢気《のんき》に伸びをする。

「それにしても、アニメフェス、とっても楽しかったのです！」

「すごい熱気でしたね」

「はあぁ～夢のような空間だったマル！　そうそう、ステージで発表された新規衣装のフィギュアも注文したし、特別ステージの先行予約も申し込んだし、会場限定のグッズもたくさん買ったマル！　後日請求が来るマル。ノア、支払いよろしくマル☆」

気が付くと、スミマルはアニメフェス限定のショッパーを三つぶら下げ、缶バッチやキーホルダーをじゃらじゃらと身に付けていた。

「ぬおおおいつの間に!?　マジで何をしてくれてるのですか!?　これじゃあいくら回収

したデビ珍《パ》チ味《チ》を売りさばいても、いつまでたっても極貧生活から抜け出せないのです〜〜〜〜！」

「の、ノアさん、涙を拭いてください……」

佳織がノアの顔をハンカチで拭っていると、同じくアニメフェス帰りらしき人たちの会話が耳に入った。

「うう、楽しかったけど、ちょっと散財しすぎちゃったな……もっと欲しいものがあったけど、給料日前だから苦しいなぁ」

「推しのアクスタ買えなかった……ああ、お金さえあれば……！」

「全然お金が貯《た》まらない……しばらくは節約生活だな……はぁ……」

多くの人が給料日前ということもあり、お金に苦心する人たちがちらほらいるらしいことが伝わってくる。

「なんだか、ノアと同じような人がたくさんいるのです」

「給料日前で、苦しい人が多いマルね。デビパチはこういう空気が大好物マル。警戒を怠らないようにしないとマル！」

「はい！」

佳織は力強く頷《うなず》く。

――しかし、数々のデビパチ事件を華麗に解決してきた二人と一匹がさらにとんでもない敵と対峙《たいじ》するのは、時間の問題なのであった。

王星《おうせい》学園教諭　沢田理恵《さわだりえ》

「うう、ついに……ついにこのお金を使う時が来たのです……！」

「ノアさん、震えていますが大丈夫ですか？　体調が悪いのでは……」

「心配いらないのです、こいつは武者震いなのです！」

「でも、顔色も悪いですし……」

「それは寝不足のせいなのです。このお金を手放す瞬間のことを考えると、心臓がドキドキバクバクソワソワピロリロして、一睡もできなかったのです！」

「そんなにですか⁉」

とある日の朝。

佳織とノア、そしてキーホルダーに擬態したスミマルは街を歩いていた。

この日は平日なのだが、王星学園は行事の振替休日で休みになっていたのだ。

「ところで、今日はパーティーに相応《ふさわ》しい服を選んで欲しいとのことでしたが……」

「はい！　この虎の子で、最高の一着《ドレス》を買うのです！」

財布を大事そうに抱えるノアの目には、ギラギラと激しい炎が宿っている。

「昨日、同じクラスの子が『明日の夜、うちのレストランを貸し切ってホームパーティーをやるから、良かったらノアちゃんも来てね』って誘ってくれたのです！　その子のおうちは有名なレストランをたくさん経営しているのです、今夜の夕ごはんは三つ星シェフの最高級ビュッフェ確定なのです！」

「レストランでパーティーなんて、さすがは王星学園の生徒さんマルなぁ」

スミマルが感心するが、ノアは肩を落とす。

「でも、ノアの持っている服は制服以外全部ぼろぼろで、着ていく服がないことに気付き……このなけなしの全財産をはたくのは断腸の思いなのですが、タダ飯にありつくための必要経費なのです……！」

「そうだったんですね。本当なら、私が買ってさしあげたいのですが……」

「それはダメなのです！　魔法少女規則に抵触して、バッファローの群れに投げ込まれてミンチになるまで踏みしだかれた挙げ句、とうもろこし畑の肥料にされてしまうのです！」

「魔法少女規則、厳しすぎませんか⁉」

「それに、これ以上お世話になるわけにはいかないのです。一緒に服を選んでくれるだけで十分なのです～！」

スミマルが口を尖《とが》らせる。

「もう、可愛《かわい》い服なら、ボクに言えばいつでも出してあげるって言ってるマルのに～。バニーガールとかチアリーダーとか」

「スミマルが出す服は特殊すぎるのです！」

「確かに可愛いですが、パーティーにはあまり向いていないかもしれませんね」

佳織《かおり》は苦笑いした。

そんな会話を交わしていると、目的の建物に到着する。

「ここですね」

「わあ！」

それは八階建ての百貨店だった。

ノアが圧倒されたように目を丸くする。

「お、大きい建物……魔法裁判所くらい立派なのです！　これ全部服屋さんなのですか⁉」

「ふふ、私も最近初めて入って驚いたのですが、服屋さんはもちろん、雑貨屋さんや本屋さん、レストランやゲームセンターなども揃《そろ》っているんですよ」

「げーむせんたー、とは？」

ノアが尋ねるよりも早く、スミマルが大興奮する。

「うおおお、ゲームセンターって、あのゲームセンターマル⁉　昨日リリーちゃんのプライズ景品が発表されたばっかりマル！　うおおお～早く入ろうマル！」

「す、スミマルさんっ、先にノアさんのドレスを探さなければ……」

ぐいぐい鞄《かばん》を引っ張るスミマルに連れられて、中に入る。

ノアは物珍しそうにきょろきょろした。

「わああ、綺麗《きれい》！　どこもかしこも、ぴかぴかきらきらしているのです！」

「服屋さんはこちらですね」

「うひゃあ、お洋服のお店がいっぱいあるのです！」

一階には、様々なジャンルの服屋がずらりと並んでいた。

「ムム。どの店も、なかなかセンスがいいマルね～」

ひとまず目に付いた店に入ってみる。

「すごいのです、たくさんありすぎてどれを選べばいいのか……！」

「あ、ノアさん、こちらのドレスなどいかがでしょう――」

佳織は可愛らしいドレスを手にして振り返る。

しかし、ノアの姿がない。

「あれ？　ノアさん？」

「佳織さん、見て下さい！　さっそく着替えてみたのです！」

きょろきょろしていると、不意に背後にある更衣室のカーテンがシャッ！　と開いた。

「この服とっても可愛いのです！　どうです、似合ってますか!?」

現れたノアは、大胆にスリットの入ったチャイナドレスを着用していた。

「ノアさん、その服は!?」

「ドレスって書いてあったのです！　動きやすいし、ノアにぴったりなのです！」

「ドレスはドレスでも、ちょっと違うかもしれません……！」

「んぇ？　ダメなのですか？　こんなに可愛いのに……あっ、じゃあこれとかどうですか!?　ジャラジャラしてかっこいいのです！」

ノアはカーテンの向こうに消えたかと思うと、今度は露出の多い煌《きら》びやかな衣装で現れた。

「それはベリーダンス用の衣装です！」

「え〜？　ダンスなんて踊る気ないのです、ノアは食べるの専門なのです〜。あっ、じゃあこっちはどうですか!?」

再びカーテンが閉じ、シャッ！　と現れたノアは、フリルのついたビキニを纏《まと》っている。

「そ、それは水着です〜っ！」

「ええっ!?　フリフリして可愛いのに。この世界の服、難しいのです〜」

「ノアってば、センス以前に常識がないマル。ボクのことをけなす権利なんてないマル〜」

「むぎー！　変態イカに言われたくないのです〜！」

それから一行は、色々な服を見て回った。

「うむむ〜、なかなかピンとくる服がないのです」

「せっかくのドレスですから、これから先も長く着られるように、良い素材のものがいいですよね……あら？」

佳織はふと、ティーン向けらしき店の奥に目を留めた。

一着のドレスが、ひっそりとディスプレイされていたのだ。

白を基調にした上品なシルエットでありながら、ところどころに施された繊細なレースが煌びやかさを演出している。

「ノアさん、あちらのドレスなどいかがですか？　とても華やかで、ノアさんに似合いそうです。生地もしっかりしていて、着心地も良さそうですし」

綺麗なドレスを見て、ノアが飛び跳ねる。

「わあ、すっごく可愛いのです！　さすが佳織さん！　早速買ってくるのです～～！」

「あっ、ノアさん、念のため値段を確認してからの方が……」

ノアは聞く耳を持たず、ドレスを嬉々《きき》としてレジに持っていく。

「ドレス、タダ飯、高級ビュッフェ～♪」

ご機嫌なノアに、レジを打った店員が笑顔で告げた。

「お会計、三六万円になります」

「ふぁ――――!?　たたた高すぎるのです――――――――――！」

「ええ!?」

佳織は慌ててレジに駆けつける。

そこには確かに三六万円という、ティーン向けにあるまじき金額が表示されていた。

「え、えええええ!?　一体どうして……」

「他の服に比べて、この服だけ桁が違うのですが!?」

すると、女性店員が優雅に微笑《ほほえ》んだ。

「ふふ、お客さま、お目が高い。数ある品の中からこの服を選ぶとは……。このドレスだけは、プレミア付きの高級品ですのよ」

「なんと、そんな隠しアイテムみたいな服が⁉　さすがは大富豪の佳織さん、服のセンスまで超一流なのです！」

「そ、そんなつもりでは……！　というか、ティーン向けのお店になぜそんな高価な服が⁉」

ノアが蒼白《そうはく》な顔で震える。

「も、もしかしてこれは、真の真心《財力》を持つ乙女だけが着ることを許される、伝説のドレスなのでは⁉」

「え？　い、いえ、とてもいい素材を使っているだけなんですけれども……」

店員の戸惑いの声も届かず、ノアはしょんぼりと肩を落とす。

「うう、これはさすがに買えないのです……せっかく素敵な服だと思ったのに……」

佳織はその姿に胸を痛めた。

「ノアさん……あっ、そうだ！　こうするのはどうでしょう？」

「ほえ？」

「『私が欲しいので買ったけれど、小さくて入らないのでノアさんに譲った』ということにするんです。これなら規則にも引っかかりませんよね！」

「ふぇっ？」

「というわけで、店員さん、お会計お願いしますっ」

佳織は鞄に手を入れ——取り出した札束を、ドンッ！　とレジに置いた。

「ささささ札束——————⁉」

「か、佳織さ——————ん‼　また札束が出ちゃってるのですよ——————‼」

「あっ、すみません、つい……」

「本当にいつも入ってるマルか、その札束⁉」

「さあ……もしかして、またメイドさんがリモコンと間違って入れてしまったのでしょうか？」

「そもそもリモコンを鞄に入れるシチュエーションってあんまりないと思うのですが⁉」

「あ、お、お、お買い上げありがとうございますっ……！」

店員は突然の札束に動揺しつつも会計を終え、深々と頭を下げながら二人と一匹を送り出した。

「ふう、ちょっと変わったお店でしたけど、可愛いドレスが手に入りましたね。はいどうぞ、ノアさん」

ドレスの入った袋を渡すと、ノアはむせび泣いた。

「わああああん佳織さんありがとうなのです、これで胸を張ってパーティーに出られるのです！　一生付いていくのです〜！　あっ、靴を舐《な》めますね、ぺろぺろ！」

「の、ノアさん、立ってください〜！」

「うふふふ、可愛い女の子たちがショッピングしているのは心が和むマルね〜。でも、佳織に頼ってばかりだと、いつか魔法少女規則に引っ掛かって、車裂きならぬ、一ヶ月天日干しして乾燥させてから縦に千回引き裂かれるスルメ裂きの刑にされるマルよ。気を付けるマル！」

「うう、世知辛ぇのです……」

「そ、そうですよね。すみません、つい放っておけなくて……私も気を付けます」

「分かったらいいマルよ。まったく、世話が焼ける魔法少女たちマル〜」

「……いや、っていうかノアが貧乏から抜け出せないのは半分以上スミマルのせいなのですが⁉」

「さあ、服も買ったことだし、ゲームセンターに行くマルよ〜☆　景品を取って取って取りまくるマル〜、ノアのお金で☆」

「言ってる傍《そば》から散財するなのです〜〜〜〜〜！」

「あっ、ま、待ってください〜！」

二人と一匹は、ゲームセンターのある階へ向かった。

「こ、この階全部ゲームセンターマルか⁉」

エスカレーターを降りた途端、スミマルが驚く。

そこには、視界一面にクレーンゲームやアーケードゲーム、メダルゲームやシューティングゲームなどがひしめく光景が広がっていた。

「わあ、すごいのです！」

「私も楓《かえで》さんたちと一緒に来たことがありますが、とってもわくわくする空間ですよね」

「これがクレーンゲームマルか！　ここにリリーちゃんのフィギュアがあるマルな⁉　どれどれ……あっ、あったマル、リリーちゃんのフィギュアマル～～～！　ノア、お金を寄越すマル！」

「オワ――――⁉　財布を返せなのです――――――――！」

スミマルはノアから財布を強奪すると、クレーンゲームにお金を入れてクレーンを動かした。

しかし。

「と、取れないマル！　景品が全然動かないマル～⁉」

「やっぱり難しいものなんですね……」

「ふっふーん、その十本の手は飾りなのですか？　ノアと代わるのです！　こんなの、ちょちょいのちょょいと取ってやるのです！」

　ノアが勇んでお金を投入する。

　だが、結果は変わらなかった。

「ぬああああ⁉　アームがかすりもしねぇのです、詐欺なのです！」

「ぷぷぷ、ボクより下手マルな～」

「くっ、ここで退《ひ》いたら魔法少女の名が廃るのです……さらにお金を投入するのです！」

「の、ノアさん、落ち着いてください！　それは大事なお金では……⁉」

「ぬおおおお～～～～魔法少女を舐めるななのです～～～～～！」

「ボクにもお金を寄越すマル！　うおおおお～～～～リリーちゃんを手に入れるまで撤退は許さないマル～～～～～！」

　佳織《かおり》は、すっかり火が付いてしまったノアとスミマルを必死に止めるのであった。

＊＊＊

「うう、熱くなって、つい使いすぎちゃったのです……当分はもやし生活なのです……」

「げ、元気を出してください、ノアさん」

佳織たちはゲームセンターで遊び倒した後、百貨店を出て街を歩いていた。

昼下がりの街は、家族連れやカップル、学生などで賑《にぎ》わっている。

消沈しているノアと同じく、スミマルもしおしおとうなだれた。

「結局、リリーちゃんのフィギュア取れなかったマル……お金がなきゃ、最推しのグッズさえ手に入れられないなんて……お金の大切さが身に染《し》みるマルな……」

「そ、そうですね。お金を使う前に、一度立ち止まって吟味するのも大切かもしれませんね……」

「お金が手に入れば喜び、お金を失えば泣く……誰もがお金とは切っても切り離せないのです……人は皆、お金の奴隷なのです……」

「あわわわ、ノアさんが変な悟りを開いてしまっています……！」

そんな会話を交わしながら歩いていると、

「おー、宝城《ほうじょう》じゃないか」


「えっ？」

暢気《のんき》な声に振り返る。

そこには、どこか気怠《けだる》げな雰囲気を纏《まと》った女性がいた。

「さ、沢田《さわだ》先生！」

それは王星《おうせい》学園の教師、沢田であった。

優夜《ゆうや》のクラスの担任で、優夜に求婚したこともある破天荒な教師だ。

服装はだらしないが、めりはりのある身体《からだ》をしており、顔も芸能人のように整っている。

沢田はひらひらと手を振った。

「なんだ、こんなところで見掛けるなんて珍しいな。ん？　そっちのは……」

「あ、ノアさんです。妹の友人なのですが、王星学園の中等部に留学してきたばかりなので、時々こうして街をご案内しているんです」

佳織の紹介を受けて、ノアがびしりと敬礼する。

「初めまして、ノアなのです！　夢は大富豪、好きな言葉は一挙両得！　よろしくお願いしますなのです！」

「おー、気が合いそうだな。夢がでっかいのはいいことだ、応援してるぞー。そして大富豪になった暁《あかつき》には、先生を養ってくれー」

「お任せくださいなのです！」

「あっという間に意気投合してしまいました……」

佳織が呆気《あっけ》に取られる一方、キーホルダーに擬態したスミマルは鼻の下を伸ばす。

「この先生、とってもナイスバディでセクシーマルな〜、うふふふ」

「ん？　なんだ、そのキーホルダー。しゃべるのか」

「え、ええと、ＡＩを搭載した最新式キーホルダーなんですっ」

「ほー、最近の技術はすごいなぁ」

沢田は楽しげに佳織たちを見比べた。

「それで、今日は二人して買い物か？」

「はい。沢田先生は……」

「そこの銀行にお金を下ろしにきたんだ。待ちに待った給料日だからなー。これでしばらく、塩をアテにして酒を飲む生活ともおさらばだ」

「わあ、すごいのです、大人なのに色んな意味でぎりぎりの生活をしているのです……」

「あの、お身体にはお気をつけて……」

沢田はいい教師なのだが、私生活にやや難があり、生徒に心配されがちなのであった。

沢田は鞄《かばん》からポーチを出しつつ胸を張る。

「ふふふ、ここで会ったのも何かの縁。せっかくの給料日だ、特別に昼ご飯をおごってやってもいいぞー」

「え、そんな、いいんですか？」

「お昼ご飯までタダ飯にありつけるのです⁉　わあい、クレーンゲームに全財産持って行かれて落ち込んでたけど、いいことあるのですー！」

ノアがぴょんぴょんと跳ねる。

「じゃあ、さっそく銀行で金を下ろして……——あれ？」

「どうしたんですか？」

「お、おかしいなこっちか？　それともこっち……いやいや、そんなまさか——」

沢田は何度もポーチを覗《のぞ》き込んだり、ポケットを確かめたりしていたが、やがて青ざめながら叫んだ。

「つ、つ、つ……通帳がない！」

「えええええええ⁉」

「た、確かにこのポーチに入れていたはずなんだが……！」

「たたた大変なのです、タダ飯チャンスを逃してなるものかなのです！　一緒に捜すのです！」

「まだ捜せば見つかるかもしれません、ここに来るまで通ってきた道を教えてくださいませんか？」

「うう、すまないなー。ええと、確か——この道だったかな」

沢田が指したのは、ビルとビルの間にある薄暗い路地であった。

「な、なぜこんな路地裏を……⁉」

「ははは、実は朝からしこたま飲んでいてなぁ、よく覚えてないんだ」

「大丈夫マルか、この教師⁉」

「うう、薄暗いのです……」

佳織たちは沢田の記憶を辿《たど》って、狭い路地に入り込んだ。

「わあ、ネズミがいるマル！　本当にこんなところ通ったマルか⁉」

物陰に目を凝らしながら歩く。

「見つかりませんね……」

「うーん……おっ。そこにいる占い師に聞いてみるか」

沢田が言うとおり、道ばたに『占い』と書かれた看板があった。

沢田が、占い師らしき小柄な女性に声を掛ける。

「すまないんだが、この辺りに通帳が落ちてなかったか？」

「え？　いえ、知りませんが……」

「んー、そうかー。ありがとうなー」

一行が立ち去ろうとした時、占い師が慌てて声を上げた。

「ちょ、ちょっと待ってください！　あなたたち、ものすごいトラブルに巻き込まれますよ⁉」

「えっ⁉　と、トラブルって……」

驚く佳織に、占い師は真摯に忠告する。

「見たこともないほど凄《すさ》まじい凶相が出ています！　この後、とんでもない事件が起こると……気を付けてください……！」

「は、はい、ありがとうございます……」

礼を言って歩き出しながら、スミマルが震え上がる。

「占い師さん、とっても真剣だったマル……！　冗談とかではなさそうマル……！」

「い、一体何が起こるんでしょう……？」

「まさか、タダ飯を食いっぱぐれるとかなのです……⁉」

佳織たちがうろたえていると、沢田がのんびりと笑った。

「まー、気にしても仕方ないだろー。なるようになるさ」

「さ、沢田先生は気にならないんですか？」

「ふふ、悪い占いは信じないタチでな」

「沢田先生、かっこいいのですー！」

やがて三人と一匹は、岐路に差し掛かった。道がいくつか分かれている。

「沢田先生、どの道から来られたか覚えてますか？」

「うーん、こっちだったような……いや、やっぱりこっちか？　酒を飲めば思い出せそうな気がするなー」

「埒《らち》が明かないのです、手分けして捜すのです！」

「はい！　では、私は右の道を捜してみますね！」

「ボクは佳織についていくマル！　守護妖精マルからな～！」

「おー。なら、私はこっちを見てみるぞー」

「それじゃあ、ノアは左に進むのです！」

一行は分かれて通帳を捜すことになった。

ノアは血眼で地面に視線を這《は》わせる。

「早く通帳を見つけて、お昼ご飯をおごってもらわないとなのです！」

やがて、廃ビルらしき建物の前を通りかかり――

「あ、あったのです！」

廃材の陰に落ちてていた通帳に飛びつく。

「ひゃっほー、これでお昼ご飯ゲットなのです！　急いで合流……ん？　こんなところに、誰かいるのです……!?」

廃ビルの中から人の気配がして、とっさに隠れる。

そっと覗き込むと、十人以上の男たちが何やら話していた。

「なあ、やっぱりやめないか……？」

「なんだ、今さら怖《お》じ気づいたのか？　金が欲しいんだろう？」

「そ、それはそうだが……」

「なら、やるしかないんだ。金さえあれば何でも叶《かな》うぞ」

「……そう、そうだよな……大金を手に入れるためなら、何だってやってやるさ」

男たちの会話を盗み聞きしながら、ノアは深く頷《うなず》いた。

「うんうん、分かるのです。ノアも万年金欠なのです、お金なんかいくらでも欲しいのです」

「ノアさーん！」

その時、佳織《かおり》と沢田が駆け寄ってきた。

「あ、佳織さん、沢田先生！」

「あちらにはありませんでした」

「私の方も、見つからなかったな」

「ふっふっふ……どうやら運命の女神は、ノアを選んだようなのですね」

ノアは満を持して、通帳を高々と掲げた。

「じゃじゃーん、通帳なのですー！」

「おー！」

「見つかったんですね！」

「ありがとうな、助かったぞー」

「えへへー、お昼ご飯のためなら、何のそのなのです！」

沢田《さわだ》にくしゃくしゃと頭を撫《な》でられて、ノアは嬉《うれ》しそうに笑った。

そして三人は、銀行の前に戻った。

「待ってろよ、すぐに戻るからな」

「はーい、なのです♪」

沢田はご機嫌で銀行に入っていく。

それを見送ったノアが、ふと首を傾《かし》げた。

「ところで佳織さん、『銀行』とはなんなのですか？」

「銀行というのは、お金を預けたり引き出したりするところですよ」

「なるほどマル、プリズムワンダーランドの魔法紙幣管理局みたいなものマルな」

佳織の説明に、ノアの目がぎらりと光る。

「ということは――この世界のお金が集まる場所ということなのです⁉　うおおおおおお、俄然《がぜん》気になるのです――――！」

「あっ、ノアさん、待ってください！」

止める暇もなく、ノアは銀行に飛び込んでしまった。

佳織も慌てて追う。

「の、ノアさん、分かっていると思いますけど、好き放題にお金を使えるわけではないですよ――――！」

「ハッ⁉　二人とも、待つマル！　中からとんでもない気配が――！」

スミマルが叫ぶが、二人には届かない。

そして、銀行に入った二人が目にしたのは。

「金を出せ！」

覆面をした男が、カウンターに向けて銃を突きつけている場面であった。

「ごごご強盗です――――――！」

佳織は思わず絶叫していた。

よく見ると、銀行内には他にも十人ほどの仲間がいて、客を人質に取っている者もおり、従業員は為《な》す術《すべ》なく青ざめながら両手を上げている。

店内には、他にも子連れの母親や老人、若い夫婦などがいて、怯《おび》えた様子で床に伏せていた。

「あわわわ、どどどうしましょう、大変なことに……！　そういえば、沢田先生は……⁉」

慌てふためく佳織の隣で、ノアが嬉しそうな声を上げる。

「あっ、あの人たち、さっき廃ビルで見掛けた金欠仲間なのです！　でもあんな方法でお金を引き出すなんて、この世界の銀行ってアグレッシブなのですね～」

「違います、彼らは強盗ですよ！　お金を盗む悪い人たちです！」

「んなっ⁉　あの人たち、そんな極悪人だったのですか⁉」

「おい、そこの小娘二人、うるさいぞ！　急に入ってきて、何をしゃべってやがる！」

強盗のリーダーらしき男が、二人に向かって怒号を上げる。

「ひ、ひとまず伏せてください……！」

「ぷえ！」

佳織は急いでノアを伏せさせた。

「どうしましょう、まさかこんなことになるなんて……！　沢田先生はご無事でしょうか……⁉」

「強盗め、ズルして大金持ちになろうなんて許せねぇのです！」

声を潜めつつ話していると、キーホルダーに擬態しているスミマルが緊迫した声を上げた。

「二人とも、気を付けるマル！　すぐ近くに、とんでもないデビパチの気配がするマル！」

「ええっ⁉　ということは、もしかして……！」

「……ん⁉　あれは……！」

ノアがリーダー風の男の背を指さす。

佳織ははっと目を瞠《みは》った。

「デビパチさんです！」

男の背中に、黒いタコが張り付いていたのだ。

「あいつが気配の正体マル！」

「メイド喫茶の時と同じ、寄生型のデビパチさんですね！　ということは、この強盗事件はデビパチさんが引き起こしたということでしょうか？」

佳織の言葉に、スミマルが首を横に振った。

「いや、あいつはただ寄生するタイプのデビパチとは全然違うマル……デビパチが寄生しただけでは、仲間を集めたり銃を用意したりなんて、周到な準備はできないはずマル！」

「未確認のタイプのデビパチということなのですね！　とはいえ、このままでは強盗の欲望がデビパチによって増幅されて、事態がますます悪化してしまうのは間違いないのです！」

「はい、まずはデビパチさんを引き剝がさなければ……！」

その時、リーダーらしき男が手近にいた女性に銃を突きつけた。

「早く金を出せ！　要求に従わなければ、一人ずつ殺していくからな！」

「く……！」

「さ、沢田先生⁉」

リーダーに人質に取られているのは、先刻別れたばかりの沢田であった。

「大変なのです、沢田先生が……！」

「助けなければ！　変身しましょう、ノアさん！」

「はいなのです！」

二人はステッキを掲げた。

「「『キラキラ輝く七色の世界！　パーフェクトピュアプリンセス、ドレスアップ！』」」

二つの声が弾《はじ》け、ロビーが眩《まばゆ》い光に包まれる。

「な、なんだ⁉」

「眩《まぶ》しい……！」

虹色の輝きに、強盗や客たちは思わず目を瞑《つぶ》り――次の瞬間、二人の魔法少女が顕現していた。

「魔法少女パピプリ、見参なのです！」

「私たちに見つかったのが運の尽きです！　悪事は許しません！」

「な、なんなんだ、こいつらは⁉」

強盗たちの間に動揺が走った。

しかし悪党とはいえ、人を殺すことにはさすがにためらいがあるらしく、銃を撃ってくることはしない。

一方、客や従業員は目を丸くしている。

「あっ、パピプリだ！」

「この間、ニュースで見たよ！」

「助けて、パピプリー！」

佳織はリーダーに向かって身構えた。

「抵抗しても無駄ですよ！　さあ、人質を解放しなさ――」

佳織が言い切るよりも早く、ノアが飛び出す。

「うおおおお！　卑劣な手段で大金持ちになろうとする悪党め、成敗なのです――んっ⁉

あ、あれは……ッ⁉」

「ノアさん⁉」

ノアの視線が、従業員たちが用意しようとしていた大量の札束に吸い寄せられた。

「オワ～～～！　札束なのです～～～～！　――ぴゃ⁉」

「きゃあ⁉」

ずべ――――――ん！

大金へ向かおうとした足が絡《から》まり、とっさに佳織の腕を掴《つか》んだせいで二人まとめて派手

に転ぶ。

「い、いたた……だ、大丈夫ですか、ノアさんっ?」

「ぴえぇ、思いっきり鼻を打ったのです〜……」

その隙に、リーダー風の男がすかさず指示を飛ばした。

「そいつらを捕らえろ!」

「お、おう!」

我に返った強盗たちによって、二人はたちまち拘束されてしまった。

「オワー、やめろなのですー!」

「く、苦しいです……っ」

強盗たちは、まとめて縄で縛られた佳織《かおり》たちを見下ろす。

「まったく、間抜けなやつらだな」

「しかし、なんなんだ、こいつら。突然現れやがって……」

「もしかして、今話題の魔法少女ってやつか?」

「とにかく、奥の部屋に閉じ込めておけ」

二人は背中合わせに拘束されたまま、奥の部屋に放り込まれた。

「きゃっ!?」

「いたっ！　こらーっ、レディはもっと優しく扱うのですー！」

「うるせえ！　ここで大人しくしておけ！」

扉が乱暴に閉められる。

「うぎーっ！　なんて野蛮な奴《やつ》らなのです⁉」

ノアは威勢よく叫んでいたが、しょんぼりとうなだれた。

「うう、不覚なのです……ごめんなさいなのです、佳織さん……」

「いいえ、大きな怪我《けが》がなくて良かったです」

「それにしても、あのデビパチ、人間と徒党を組むなんて……！　あんなやつは初めてなのです！」

「とにかく、どうにかしてここを出なければ、みなさんが心配です……！」

「任せて下さいなのです！　こんな縄、すぐに解いてやるのです！　ぐぬぬぬ～～～！」

ノアがなんとか縄から抜け出すべく、うねうねと蠢《うごめ》く。

すると、同じ縄で縛られている佳織がぎゅうぎゅうと締め付けられた。

「あっ、ノアさん、動かないでください……縄が、食い込んで……んっ！」

「もう少しで抜けそうな気がするのです～！　むむむむ～～～！」

「ひゃ、ぁっ、だめ、苦しい、ですっ……！」

「うふふふ、いいマルよ〜、縄の食い込み具合が絶妙マル！　強盗もなかなかいい仕事をしてくれるマルね〜、うふふふ〜」

「す、スミマルさん⁉」

気付くと、いつの間にか妖精型になったスミマルがご機嫌で飛び回っていた。

「あっ、スミマル！　ノアたちがピンチだったというのに、今までどこにいたのですか！」

「まったく、お金に気を取られて捕まるなんて間抜けマルねー。こんなこともあろうかと、キーホルダーに擬態したまま、佳織のスカートにくっついてたマルよ〜。今こそボクの出番マルね！」

「さすがです、スミマルさん！」

「うふふふ、もっと褒めてくれてもいいマルよ〜、なんならほっぺにキッスしてくれてもいいマルよ〜」

「いいからさっさと縄を解くのです！」

「分かってるマル、こんな縄、ちょちょいのちょいと解いちゃうマル！　ふんぬ〜〜！」

スミマルは、二人を縛る縄の結び目を解こうと奮闘する。

しかし結び目は固くてびくともせず、スミマルは目を潤ませた。

「うう、固いマリュ～。ボクの白魚のような触手じゃとても無理マリュよ～」

「全然役に立たねぇのです！　何がマリュ～なのですか、ぶりっこすんな、イカ焼きにすんぞなのです！」

「失礼マルね！　そもそもボクはイカじゃなくて、汎用イカ型高機動支援守護妖精〇一号漆式――……そうだ！　いざという時のための最終兵器があったマル！　ぬうううう～～～～ん……！」

スミマルは何か思いついたように力を溜《た》めはじめた。

「スミマルさん、何を……？」

佳織が問いかけた瞬間、スミマルの全身から粘液が放出される。

「いでよ、『ぬるぬるぬめるくん』マル～～～！　ぶしゃあああああああ！」

「きゃあああああ⁉」

「うぶぶぶぶぶ⁉」

大量の粘液が、佳織とノアを襲う。

「な、何をするのですかスミマル――――！　うら若き乙女を粘液まみれにするなんて、万死に値する所業なのです！」

「何を言っているマルか、最終兵器『ぬるぬるぬめるくん』は透明なスミだマル、断じてイヤらしいものではないマル！　イヤらしく見えるのは、ノアの心が汚れているからマル！」

「何を力説してやがるのですか、この変態イカ！」

「うう、全身ぬるぬるします……」

佳織は顔を拭こうと身を捩《よじ》り――その手がぬるりと縄から抜けた。

「あっ⁉　腕が抜けました！」

「これなら抜け出せるのです！」

「やったマル、成功マル～～～！　えへへ、いざという時のために搭載されていた粘液放出機能が役に立ったマル！」

「い、いざという時とは……⁉」

「マジでこれ何のための機能なのですか⁉」

「そんなの、悪党に捕らえられた美少女を助けるために決まってるマルよ、えへん！」

「こんな絶妙に気持ちの悪い最終兵器に助けられるの、腹立たしいのです……！　でも美少女だから、甘んじて受け入れるのです！」

「あ、ノアは佳織のついでマルよ」

「おお～～～ん⁉　やっぱりイカ焼きになれなのです～～～！」

「な、仲間割れをしている場合ではないですよ……！　早くデビパチさんをどうにかしなければ……！」

二人は粘液のぬめりを借りて、縄から抜け出す。

「ぬ、抜けられました！　すごいです、スミマルさん！」

「うふふふ、ボクって本当にイカしたイカ型妖精マルね～」

「うげえ、まだぬるぬるするのです……でも、これで自由の身なのです！」

ノアは粘液を振り払うと、瞳に炎を燃え上がらせた。

「みんなのお金を独り占めしようとする悪党め、許すまじ！　成敗なのです！」

部屋を飛び出そうとするノアを、佳織は慌てて止めた。

「待ってください、ノアさん！　たぶん外には見張りの人がいます！」

「あんな奴ら、ノアたちにかかればワンパンなのです！　不意打ちさえ喰《く》らわなきゃ、怖いものはないのです！」

「ですが銃を持っている人もいましたし、作戦を立ててからの方がいいのでは――」

「大丈夫なのです、あんな銃、どうせ脅しだけで撃てやしねぇのです！　こういうのは勢いでやっちゃった方がうまくいくのです！　手始めに、これをこうして……うおりゃあああ～～～『汝《なん》、内《うち》なる』ぃぃいいいいい！」

ノアが手についた粘液に魔法を込め始める。

その時扉が開き、二人の見張りが姿を現した。

「うるさいぞ、何をしている！」

ノアは間髪を容《い》れず、男たち目がけて粘液を投げつける。

「喰らえ、《マジカル・粘液》なのです！」

「うわ⁉　なんだぁ⁉」

「ぐわっ、滑る――ぎゃ⁉」

虹色に光る粘液が、見張りたちの顔を覆う。

さらにその足元にも粘液が絡みつき、見張りたちは盛大に転んで頭を打ち付け、そのまま気を失った。

「す、すごいです、ノアさん！」

「わははは！　どうだなのです、汚名返上なのです！」

「絶好調マルね！　このまま強盗たちを制圧するマルよー！」

「はい！」

佳織たちは部屋を飛び出し、ロビーになだれ込んだ。

真っ先に気付いた沢田《さわだ》が、驚愕《きょうがく》の声を上げる。

「ま、魔法少女！」

強盗たちも目を瞠《みは》った。

「なっ⁉　お前ら、どうやって抜け出した⁉」

「見張りは何をしているんだ⁉」

佳織は色めき立つ強盗たちを睨《にら》み付けた。

「見張りの方には、少し眠ってもらっています！」

「な、なんだと⁉」

「ふふん、あんな奴ら、赤子の手をひねるようなものなのです！　さあ、お前たちもおとなしくお縄に――」

言いかけたノアの目が、ロビーの中央に吸い寄せられる。

そこには巨大な鞄《かばん》が三つあり、ぎゅうぎゅうに詰められた一万円札が溢《あふ》れ出していた。

「オワ――――⁉　大金なのです――――！　そんなにたくさんあるならノアにも少しくらい分けてくださいなのです――――！」

「ノアさん、落ち着いてください！」

「ハッ⁉　つい我を忘れてしまったのです、お金は人を狂わせるのですね……！　ふぅ、仕切り直して……。さあ、おとなしくそのお金をこちらに渡すのですッ！」

「ノアさん、まだ違いますよ⁉」

リーダーが苛立《いらだ》たしげに顔を歪《ゆが》める。

「わけのわからないことをごちゃごちゃと……！　よっぽど痛い目に遭いたいらしいな！　やっちまえ、お前ら！」

「「「うおおおおお！」」」

リーダーの怒号に応えて、二人の近くにいた手下たちが一斉に飛び掛かった。

しかしそれよりも早く、ノアは手元にあるものに片っ端から魔法を流し込んでいた。

「出血大サービスなのです、あれもこれも魔法道具にしてやるのです！　うおらあああああああ〜〜〜〜！」

雄叫《おたけ》びと共に反撃を開始する。

「喰らえ、《マジカル・パンフレット》なのです！」

「うわあああああ⁉」

「なんだ、パンフレットが張り付いてくる……⁉」

「くっ、これは住宅ローン、こっちはご融資のご案内、マイカーローン、定期預金、学資保険っ……！　ぐわあああああッ⁉」

虹色に光るパンフレットが、手下たちの顔を覆う。

さらに佳織《かおり》が、自分たちを縛っていた縄を手に追撃した。

「悪い子にはお仕置きです！　《マジカル・ウィップ》っ！　えいえいえ――――いっ！」

ビシビシビシビシィィイイイイッ！

魔法道具化されてある縄で、手下たちを乱れ打つ。

「うぎゃあああああ⁉」

「な、なんなんだ、この攻撃は――――⁉」

手下たちはたまらず人質を放り出して逃げ惑った。

そこにノアの魔法道具が乱舞する。

「逃がさないのです！　喰らえ、《マジカル・ボールペン》！　《マジカル・観葉植物》！

《マジカル・申込用紙》――――ッ！」

「すごい、魔法道具の乱れ打ちです⁉」

「ぎゃああああああ⁉」

「な、なんなんだこいつらは――――――――⁉」

倒れ伏した強盗たちを、佳織はマジカル・ウィップでまとめて縛り上げた。

「ぐえぇ⁉」

「やりました、これで悪さはできませんね！」

「ふふふ、ノアたちの手に掛かれば、ざっとこんなものなのです！」

縛られた手下たちは、ぐったりと気を失っている。

佳織は、放心している沢田に優しく声を掛けた。

「沢田先生、お怪我《けが》はないですか？」

「え？　あ、ああ。ありがとうな。本当に強いんだなー、魔法少女パピプリ」

「いえいえ、ご無事で良かったです」

一部始終を見守っていた従業員や客たちから歓声が上がる。

「すごいぞ、パピプリ！」

「強盗に勝っちゃうなんて！　噂《うわさ》通り、可愛《かわい》くて強いのね！」

「ありがとう、パピプリー！」

盛大な拍手を受けて、ノアは勝ち誇ったように胸を張った。

「ふふん！　ノアたちの手に掛かれば、ざっとこんなものなのです！」

「すごいマル、あっさり解決マル！　他愛なかったマルな〜！」

「……あら？　そういえば、もう一人いたような……」

佳織がリーダーの姿を捜そうとした時、沢田が声を上げた。

「おい、あいつ、様子がおかしいぞ……！」

「⁉」

ロビーの中央を振り返る。

強盗のリーダーが不敵な笑みを浮かべながら、札束の詰まった鞄に腰掛けていた。

「く、くくく……ははは……！」

「なっ⁉　手下が全員やられたのに、何をしているのですか……！」

「ま、まさか、何か企《たくら》んで……⁉」

佳織とノアは、男から放たれる異様なオーラに、思わず後ずさった。

「ふふ、はは、はははは！　こんなことで俺に勝ったと思うなよ……！」

男が笑いながら立ち上がる。

すると、鞄から大量の一万円札がぶわりと舞い上がった。

「えっ⁉　お、お金が浮かびました……！」

「こ、こんなの初めて見たのです……！」

「一体何の能力マルか⁉」

驚く佳織たちの前で、万札が男を取り囲むようにして浮遊する。

男は両手を広げ、しゃがれた声を張り上げた。

「お前らァァアアアアア！」

「なっ!? 何を始めようとしているマル……!?」

男は狂ったように吠《ほ》える。

「金だ、この世は金が全てだ！ 金だ、金だ、金が欲しいだろう、欲しくてたまらないだろう！ 見るがいい、お前たちが求めているものがここにあるぞ！」

「え？ い、一体何を……──」

戸惑う佳織たち。

──その背後から、掠《かす》れた声がした。


「お、お金……」


「!?」

弾《はじ》かれたように振り返る。

沢田が、浮遊する札を虚《うつ》ろな目で見ていた。

他の人々も、同じようにお金を凝視する。

「お金……お金ェ……！」

「お金だ……お金が、たくさん……」

「くれ……その金をくれぇ……」

「なっ⁉　よ、様子がおかしいマル！」

「沢田先生、みなさん⁉　どうしてしまったんですか⁉」

佳織が呼びかけるが、人々は欲望に染まった目つきで、宙を漂う札に向かって手を伸ばす。

「お金だ、お金……！」

「金さえあれば……！」

膨れあがっていく虚ろな合唱に、ノアが顔を引きつらせた。

「あいつ、まさか……みんなを扇動しているのです……⁉」

「こ、こんな能力を持っているデビパチは見たことないマル……！」

「ははは！　そうだ、欲望とは強大な力にして、誰もが持っているものだ！　もっとだ、もっと求めろ！　隠すことなどない、醜く求め、渇望《かつぼう》するがいい！」

男が嗤《わら》った刹那、一万円札が蝶《ちょう》のように人々の元へ殺到した。

「うおおお、金だぁぁぁぁ――――！」

「やった、やったぞ……！」

誰もが狂おしく一万円札へと手を伸ばす。

沢田の指先が札に触れ——その身体《からだ》から、黒いオーラがじわりと滲《にじ》み出た。

「な……!?」

「あ、あれは一体……!?」

驚く佳織たちとは裏腹に、人々の要求は加速する。

「よこせ、金をよこせぇぇぇぇぇ!」

「まだ足りない、もっと、もっとくれ!」

札を手にした人々から、たちまち禍々《まがまが》しいオーラが立ち上った。

無限に噴き出したそれは、強盗の元へと集まっていく。

「ははははは、いいぞ! お前たちが求めれば求めるほど、俺の力となる!」

渦巻くオーラを、男の背に寄生したデビパチが吸収し始めた。

「あいつ、まさか……欲望を強制的に増幅させて、それを吸収しているマル!?」

「なっ!? そ、そんなことが出来るんですか!?」

「わ、分からないマル、そんなデビパチは聞いたこともないマル……! でも、そうとしか考えられないマル……!」

佳織たちが戦《おのの》いた時。

「まだだ、金をくれ、もっとくれぇッ——……って、あ、あれ……? 俺、何してるんだ……？」

　不意に、欲望を吸われた人質たちが我に返る。

「私たち、一体……？」

「ん……何か、夢を見ていたような……」

　沢田《さわだ》もぼんやりと辺りを見回していた。

「み、みなさんが元に戻りました……！」

「でもヤバいのです、あいつ、黒いオーラを吸い尽くして……！」

　デビパチは黒い雲のように膨れあがったオーラを、全て吸収し――突如として、強盗の男が呻《うめ》いた。

「ぐ、あ……！　こ、こんな強大な力は初めてだ、身体が壊れそう、だ……！　この力があれば……ぐ、は……ははははッ！」

　胸を押さえてもがき、うつぶせに倒れる。

「あっ⁉　ご、強盗が倒れたのです！」

「一体何が起きているんですか……⁉」

　そして。

　男の背から、デビパチがばりばりと剝がれながら立ち上がった。

「な……！」

「ギギ、ギ……」

デビパチは男から離れて完全に独立すると、形を変えながら成長していく。

やがて、人の姿を模した黒い怪物へと進化した。

「グギギ、グギ……」

それはタコと人間を混ぜ合わせたような、おぞましい姿をしていた。

身長は二メートル近くあり、体表は黒く不気味なぬめりを帯びている。

顔らしき場所には、真っ赤に燃える目と、雑に切られた切り込みのような口があるだけだ。

そして人間と同じように二足歩行でありながら、腕は枝分かれして触手のようになっている。

漆黒の怪物を前に、佳織は後ずさった。

「そんな……ひ、人型に進化しました……!?」

「こいつ、周囲の人の欲望を引き出し、強力な負のオーラを吸って進化したマル……！」

「こんなデビパチ、初めて見たのです！」

その顔に刻まれた切れ目——口が開き、しゃがれた声を零《こぼ》す。

「ギギ、ギ……オマエラ、ヨクも、よくも邪魔してクレたな……！」

「な⁉　デビパチがしゃべったマル！」

「進化したことで知能まで手に入れたというのですか⁉」

デビパチは答えず、落ちている銃に視線を移す。

「！　みなさん、逃げてください！」

佳織《かおり》が叫ぶよりも早く。

デビパチが銃を拾い上げ、迷うことなく乱射しはじめた。

「オレの、邪魔ヲ、するナぁぁぁぁあ！」

ズガガガガガガッ！

「きゃああああああ⁉」

銃声と悲鳴が響く。

佳織はとっさに、落ちているパンフレットを拾い上げた。

「《パンフレット・シールド》！」

キンキンキンッ！

魔法道具化されていた住宅ローンのパンフレットで壁を作り、間一髪で銃弾を防ぐ。

「早く安全な場所へ！」

「わ、分かった！」

沢田が近くにいる人たちを隠れさせる。

佳織も周囲の人々を守りながら避難させると、自分も机の裏に滑り込んだ。

パンフレットの防壁は激しい銃撃を受けてたちまち砕け散り、ノアとスミマルも身を屈《かが》めながら飛び込んできた。

「あいつ、はちゃめちゃにヤベェのです、ヤバすぎるのです……！」

「強盗と違って、全然躊躇《ちゅうちょ》がないマル！」

「それに、今までのデビパチさんとは何もかも桁が違います！　これは一体……!?」

「負のオーラを吸いすぎたんだマル！　あれはもう、純粋な悪意の塊そのものマル！」

「ギャハハハ！　いいぞ、泣け、怯《おび》えロ、跪《ひざまず》け！　欲望を吸収し夕俺に敵《かな》うものはナイ！」

ズガガガガガガッ！

「いやあああああっ！」

「怖いよぉ！」

「助けて……！」

銃声が響く度に悲鳴が上がり、恐怖と混乱が渦巻く。

その度に、デビパチの身体が膨れあがった。

スミマルが悲鳴を上げる。

「ああっ、あいつ、みんなの恐怖まで吸収して、さらに強くなってるマル！　このままじゃまずいマル！　佳織、ノア、戦うマル！」

「はい！　ノアさん、魔法道具を！」

デビパチに対抗できるのは魔法道具だけだ。

しかしノアは縮こまったまま、首を激しく横に振る。

「無理なのです、あんな悪魔みたいなデビパチがいるなんて聞いてないのです！　あんなやつに敵うわけがないのです！　みんなこのまま殺されちゃうのです、もう帰りたいのです、わあああああん！」

「ノアさん……！」

「ギャハハハハハ！　いいぞ、力が溢《あふ》れてクる！　だがヤハリ欲望だ、人間の欲望が一番美味《うま》イ……貴様らカラ恐怖を搾り尽くしたら、今度はここにある金ヲ使ってテ、この街にいル人間の欲望を全て吸い尽くしてヤル！」

デビパチは触手を伸ばし、あるだけの銃を持って撃ち始めた。

悲鳴が巻き起こり、無数の銃弾が壁に弾痕を刻む。

そんな中で、佳織はノアの両肩を摑《つか》んだ。

「しっかりしてください、ノアさん！　私たちががんばらなくては、誰ががんばるんですか！」

「か、佳織さん……」

涙に濡《ぬ》れたノアの瞳を、まっすぐに覗《のぞ》き込む。

「私だって怖いです。でも、いま戦えるのは私たちしかいない……私たちがやるしかないんです！」

佳織の脳裏には、いつか自分を助けてくれた優夜《ゆうや》の姿があった。

あの時──佳織が見知らぬ男たちに絡《から》まれ心細かった時、優夜は自分の身の危険も顧みず、佳織を助けてくれた。

その記憶が、佳織を奮い立たせていた。

「私たち、ここまで力を合わせて乗り越えてきたじゃないですか！　ノアさんなら絶対に大丈夫です！　一緒にあいつをやっつけましょう！」

ロビーに銃声が響き、大量の札が舞い上がる。

その中心で、デビパチが勝ち誇った哄笑《こうしょう》を上げた。

「ソウダ、金だ、この金サえアレバ、人間ドモの欲望を無限ニ引き出セル！　全部全部、オレノ物ダァァァアアアアー！　ギャハハハハハ！」

デビパチは無数の触手で絶えず弾を装塡しながら、あらゆる物を破壊し続ける。

「も、もうダメマル！　みんなみんな蜂の巣にされるマル～～～～！」

「う、う……！」

涙目になるノアに、佳織はなおも必死に訴えかけた。

「ノアさん！　たくさん活躍して、いつかお金持ちになるんじゃないんですか⁉　お金持ちになって、おいしいごはんをめいっぱい食べて、ふかふかのベッドで眠りたい……あと、意地悪な魔法少女の先輩たちをメイドさんとして雇ってはちゃめちゃにこき使いたい、嫌味な上司をピラニアと一緒に水槽で飼ってワインを片手に眺めたいって、夢を語ってくれたじゃないですか！　その夢を叶《かな》えるまで、諦めちゃダメです！」

「……！」

——刹那。

ノアの瞳に、小さな炎が灯《とも》る。

「そうなのです……夢を諦めたまま、こんなところで死ねない……大切な夢を叶えるためにも、あのデビパチを、絶対に許すわけにはいかないのです……！」

「ノアさん——！」

「お金の本当の価値も分からない化け物に、お金を利用されるなんて許せない……悪党に使われるくらいなら、全部私のものにしてやるのですッ！」

「そ、そっちですか⁉」

「反撃開始なのです～～～～ッ！」

完全に覇気を取り戻したノアが吠《ほ》え、佳織は慌てて辺りを見回した。

「でも、武器になりそうなものがありません……！」

「いいえ、佳織さん。武器ならばたくさんあるのです……ここに！」

ノアは落ちている一万円札をわしづかみにする。

「ま、まさか……⁉」

「そうです、マネーイズパワーなのです！　はあああああ～～～～ッ！」

キュイイイイイイン！

札束が七色の光を帯びる。

ノアは眩《まばゆ》く輝く札束を佳織に差し出した。

「佳織さん、これで戦いましょう！　お金があれば何でもできる……本当のお金の力を見せてやるのです！」

「わ、分かりましたっ！」

光る札束を手に、佳織はノアと顔を合わせて頷《うなず》いた。

スミマルが銃声に耳を澄ませる。

「二人とも、ボクの合図で飛び出すマルよ！　いち、にの――さんっ！」

銃声の合間に生まれた、一瞬の間。

スミマルの合図と共に、二人は机の裏から飛び出した。

佳織は窓際《まどぎわ》を疾走し、ノアはカウンターを乗り越えて姿をくらます。

「馬鹿め、逃げラれると思ったカ！　まずはお前カラ――！」

デビパチが佳織に狙いを定める。

しかし銃弾が放たれるよりも早く、佳織は一万円札を手裏剣のように放った。

「はあああ～～～ッ――《キャッシュ・シュリケン》！」

シュパパパパパパッ！

輝く一万円札が、手裏剣のごとくデビパチへと殺到する。

「グギャアアアアアアアアアア⁉」

切れ味鋭い万札が、デビパチの触手を次々に切り落とした。

「すごいマル、佳織！　かっこいいマル！」

「よ、よい子は真似《まね》しないでくださいね――――！」

しかし。

切り落とされた触手が瞬時に再生するや否《いな》や、デビパチの赤く燃える目が佳織を捉える。

「き、貴様ァ……！　小娘ごときが図に乗るナァァアア！」

「さ、再生しました……!?」

「だ、ダメマル、あの攻撃でもまだ倒せないマルなんて……！」

「グギイイイイイイッ！」

デビパチは佳織に突進すべく膝を矯《た》め――凄《すさ》まじい咆哮《ほうこう》が轟《とどろ》いた。

「おるぁあああああッ、魔法少女を舐《な》めるんじゃないのです――――――！」

「な――」

デビパチの死角から、ノアが飛び出した。

その手に握った魔法の札束を振りかざす。

「喰《く》らえ、《マジカル・札束・ビンタ》――――――ッ！」

バチ――――――ンッ！

「ギャアアアアアアアアアア⁉」

輝く札束で頬を張られて、デビパチが派手に吹っ飛んだ。

「魔法少女の強さ、見たかなのです！　さあ、降参するのです！」

「ぐっ、まだ、まダ……！」

身を起こそうとしたデビパチに、ノアが馬乗りになる。

「往生際が悪いのです！　こうしてやるのです！」

そして、札束で往復ビンタを食らわせた。

「マネーイズパワー！　マネーイズパワ――――ッ！　アハハハ、どうだ見たか、これがお金の力ッ！　資本の勝利なのです！　お金は全てを解決するゥ――――ッ！」

ベチチチチチチチチチチチ！

「グアアアアアアアアア⁉」

「の、ノアさ――――ん⁉」

「うわぁ、デビパチのほっぺが膨れあがっているマル……」

それはつい先程まで怯えて震えていたとは思えない、佳織《かおり》とスミマルが引くほどの猛攻であった。

襲い来る札束ビンタの嵐の中で手も足も出せず、デビパチが呻《うめ》く。

「な、ナゼ小娘ごときガ、そんなニ強いノダ……⁉　欲望を吸収しテ進化した我ニ敵う者などいないハズっ――」

しかしノアは構わず、強烈なビンタをお見舞いし続ける。

「あはははは、見たかこの力ッ、この世のお金は全部ノアのモノなのです、あ〜〜〜ははははははッ！」

「グギャアアアアアアア⁉」

「ノアの様子が明らかにおかしいマル！」

「あわわわ、どうしてしまったんですか、ノアさん……！」

「グギ、グギギ……！　まだダ、ヒトの欲望がある限リ、我は無敵だ……無敵なノだアアアアアアッ！」

デビパチはなお、欲望の源である札束をかき集めようと触手を伸ばす。

「あいつ、これだけやっても倒れないマルか……！」

「…………」

その様子を見ていた佳織は、静かに立ち上がった。

「か、佳織⁉　どうしたマルか！　危ないマルよ⁉」

スミマルの忠告を背にして、デビパチへと歩み寄る。

そして、そっとデビパチの触手を握った。

「ア……？」

「デビパチさん……」

佳織は触手を握り、デビパチを優しく諭す。

「もうやめてください、お金に執着している今のあなたは、とても苦しそうです」

「なに、ヲ……！」

「確かに、お金があればたくさんのものが手に入ります。あなたの言う通り、欲望は誰の心にもあるもの……時にはそれが、人を動かす原動力になることもあるでしょう。けれどこの世界には、それよりも大切なものが――欲望よりも強い力があるんですよ」

「欲望よりモ強い力だと……⁉　そんなモノ……――！」

声を荒らげるデビパチに、佳織は柔らかく微笑《ほほえ》んだ。

「それは、愛です」

「――シュワアアアアアアア」

天使のごとき慈愛を浴びて、デビパチから黒い霞《かすみ》が抜けた。

たちまちその姿が萎《しぼ》み、虹色のタコになる。

「ギャ！　ギャギャギャ〜！」

「あ、あれっ？　浄化されてしまいました。どうして……」

「ま、まさか、魔法道具も使わず浄化したマル……!?　すごすぎるマル、佳織！」

「えっ!?　は、はいっ！　えっと……よく分かりませんが、解決できたんでしょうかっ？

私、やりましたよ、ノアさん——！」

「シュワアアアアアア」

振り返ると、なぜかノアの背中から黒い靄《もや》が立ち上っていた。

「の、ノアさーん!?　なぜ一緒に浄化されているんですか——!?」

霞が抜けきった途端、ノアの瞳が光を取り戻す。

「はっ!?　の、ノアは一体……」

「わ、分かりません、突然浄化されていて……」

その時、ノアの背を見たスミマルが声を上げた。

「あっ、ノアの背中に、小さいデビパチがくっついてるマル！」

「ええ!?」

愛

なんとノアの背に、別の個体がへばりついていたのだ。

虹色のデビパチを、スミマルが引っぺがす。

「ギャギャッ⁉」

「ふう、これでいいマル！」

「ま、まさかもう一体いたなんて……途中からノアさんの様子がおかしかったのはこのせいだったのですね。いつの間に寄生されていたんでしょうか？」

「はあ、びっくりしたのです。危うくノアまで乗っ取られるところだったのです」

「スミマルさんが気付いてくださって良かったです」

「ふふふ、イカ型妖精は伊達《だて》じゃないマル！　さあ、デビパチを回収するマルよ――」

スミマルがたこ壺《つぼ》を出そうとした時、佳織がスミマルへと手を伸ばした。

「ほえマル？」

佳織は、驚くスミマルの頭を優しく撫《な》でる。

そして大きな瞳でまっすぐに見つめながら、ふわりと微笑んだ。

「スミマルさん。今回の戦いも、スミマルさんのおかげで勝てました。これからも頼りにしていますね」

スミマルは、よしよしと頭を撫でられながら、天使の微笑みを間近に浴び――

「シュワアアアアアアアアアアアアアアア」

その身体《からだ》がキラキラと輝きながら消えていく。

「す、スミマルさ――――ん⁉」

「お前も浄化されてどうするのですか――――⁉」

「うふふ……我が人生に、一片の悔いなしマル……（さらさらさら）」

「浄化が止まりません！　で、デビパチさんに寄生されているわけでもないのにどうして⁉」

「もしかして存在自体が欲望の塊なので、佳織さんの純粋無垢《むく》なオーラに耐えられなかったのです⁉」

「うふふふ……ごめんマル……佳織があまりにも尊くて……あ、意識が……（スゥー）」

「す、スミマルさん、消えちゃダメです！」

佳織は慌てて繋《つな》ぎ止めようとしたが、ふと自分たちのコスチュームが消えていくことに気付いた。

「ふぇっ⁉　えっ、えええええっ⁉　魔法少女のコスチュームが消えていきます⁉　どどどどどうして⁉」

「オワ――――⁉　ハッ、もしかして、スミマルが浄化されているせいで、スミマルの力まで消えていっているのです⁉」

「そ、そんな⁉」

そして、ついに二人の肌が露《あら》わになる。

「ひゃあああああっ……⁉」

「オワ――――！　逝《ゆ》くななのです、スミマル――――！　こうなったら――」

ノアは、手にしていた札束でスミマルをベチ――――ン！　と張り飛ばした。

「スミマル！　しっかりするのです～～～っ！」

「ぶべぇ⁉」

スミマルが悲鳴を上げ、消えかけていた身体が実体を取り戻す。

「はっ⁉　ご、ごめんマル～～～！　一片の悔いなしなんて嘘《うそ》マル、佳織の寝顔を観察したり、佳織の太ももを堪能《たんのう》したり、ボクとしたことがまだまだこ～んなに大切なことをやり残したまま死ねないマル～！　うふふふ！」

スミマルが我に返ると同時に、消えかけていたコスチュームが復活した。

佳織とノアが胸をなで下ろす。

「あ、危なかったです……！」

「マジで浄化されるなんて、ホントに欲望の塊なのですね。ドン引きなのです」

「いやあ、お恥ずかしいマル☆　それにしても、まさか魔法道具も使わずに尊さだけでデビパチを浄化するなんて……やっぱり佳織はすごいマル！」

「そうなのです！　歴代の魔法少女にも、そんなすごい人はいなかったのです！」

「い、いえ、あの時はただ夢中で……」

佳織はあわあわと両手を振った。

スミマルが空中からたこ壺を呼び出す。

「それじゃあ、二体まとめて回収するマルよ！　シャイニー・たこ壺〜〜〜〜〜！」

「ギャギャギャ〜〜」

デビパチたちが、たこ壺に吸い込まれた。

銃弾によって破壊された物や壁も修復されていく。

物音がしなくなったことに気付いて、怯《おび》える子どもの上に覆い被《かぶ》さっていた沢田《さわだ》が顔を上げた。

「ん……終わった、のか……？」

それを皮切りに、伏せていた人たちもおそるおそる身を起こす。

「あっ！　か、怪物が消えてるぞ……！　魔法少女パピプリがやっつけてくれたんだ！」

「こ、今度こそ助かったのね……！」

「それに、あんなにめちゃくちゃになったはずなのに、何も壊れていないぞ……⁉　これも魔法少女の力なのか⁉」

わっと拍手が巻き起こった。

従業員たちも歓声を上げている。

「みなさん、ご無事でよかったです」

その姿を見て、佳織《かおり》は胸をなで下ろし——はっと思い出した。

「そ、そうでした！　私たち、とんでもないお金の使い方（物理）を……！」

佳織は慌てて壁や床に突き立った万札を全て回収すると、カウンターに差し出した。

「あわわわ、お金をこんなことに使ってしまってすみません、お返ししますっ！」

「はあはあ、す、少しくらいもらっても……」

「ダメですー！」

万札の山ににじり寄ろうとするノアを、佳織が慌てて止める。

そんな二人に向けて、従業員たちが感謝した。

「警察に通報したので、間もなく到着すると思います。本当にありがとうございました」

「いえいえ。皆さん、お怪我《けが》がなくて良かったです」

「うう、万札の山、欲しかったのです～」

今にも万札に手を伸ばしそうなノアを押さえていると、沢田がやってきた。

「おー、さっきは助かったぞ、魔法少女パピプリ。ありがとうな」

「あ、沢田せんせ――あ、いえ、こほん。ご、ご無事で何よりです」

「新聞で読んではいたが、噂《うわさ》に違《たが》わぬ活躍だなぁ！　すごいもんだ」

感心する沢田に、佳織はにっこりと笑い――沢田がふと怪訝《けげん》そうに身を乗り出す。

「……ん？　お前、もしかして……」

「⁉　ちちち違いますよ、わ、私はいつも王星《おうせい》学園でお世話になっている宝城《ほうじょう》佳織ではありませんからっ！」

「ん？　なんだ、宝城を知ってるのか」

「あっ、い、いえ……！」

「しかし、人違いか、似てると思ったんだがなぁ。……そういえば、宝城たちに昼飯をおごる約束をしてたんだが、どうしたかな。銀行の外にも姿が見えないし……まあここにいないってことは、事件に巻き込まれずに無事に逃げたってことだろう。さすが我が王星学園の生徒、危機管理がしっかりしてるなー」

「あ、あはは、そうですね……！」

「さて、私はどこかで一杯ひっかけてから帰るかなー」

沢田はひとりごちつつ去ろうとしたが、ふと佳織を振り返った。

「そうだ。私の教え子に、天上優夜《てんじょうゆうや》っていうヤツがいてなぁ」

「は、はいっ⁉」

突然想《おも》い人の名前が出てきて声が裏返る佳織に、沢田はふっと目を細めた。

「強盗に立ち向かう君たちを見て、不思議とそいつのことを思い出したよ。どこにでも、困っている人を救うヒーローみたいなヤツはいるもんなんだなー」

「あ……ありがとうございます」

佳織は温かくなった胸を押さえて微笑《ほほえ》む。

その時、警察が到着した。

「君たちが、強盗を捕まえたっていう魔法少女かい？　詳しい話を聞きたいんだけど、いいかな？」

すると、スミマルが跳び上がった。

「たたた大変マル！　この世界の警察が絡《から》むと面倒マル、逃げるマルよ！」

「ええっ⁉　ま、待ってください～！」

「そんなに必死に逃げるなんて、もしかして、何かやましいことでもあるのです？」

「ややややましいことなんてあるわけないマル！　ただ、事情聴取なんかされても、魔法少女のことなんて説明できないマルからな！」

「いやその必死さは、明らかに怪しいことがある不審者の言い分なのですが」

「とにかく急ぐマルよ～～～～！」

「は、はいっ！」

こうして佳織たちは、賑《にぎ》やかに銀行を飛び出したのであった。

＊＊＊

「ふああ～。それにしても、とんでもない戦いだったのです～」

銀行を飛び出した後。

佳織たちは変身を解いて、夕暮れの街を歩いていた。

「本当に大変な一日でしたね。でも、無事に解決できて良かったです」

「はぁ、疲れたマル～。早く帰ってアニメを見るマル～」

ノアはドヤ顔で胸を張る。

「ふっふっふ、ノアはこのまま、クラスメイトのホームパーティーに向かうのです！」

「あ、そうでした！　めいっぱい楽しんでくださいね」

「はい！　お昼ごはんを食べ損ねた分まで、食べて食べて食べまくってやるのです！　いよいよこのドレスの出番なので……——でぇぇぇぇぇぇぇぇぇ⁉」

「びええええええ⁉　いきなり叫ぶなマル！」

「ど、どうしたんですか、ノアさん⁉」

ノアは涙目で、べちょべちょのドレスをつまんだ。

「ど、ど、ど、ドレスが……スミマルの粘液でべとべとになってるのです～～～～！」

「えええええっ⁉　あっ、縄から抜け出す時に粘液まみれになったから……！」

「これじゃあパーティーに行けねぇのです！　せっかくのドレスが～～びぇぇぇぇ～～～～！」

号泣するノアに、スミマルが肩を竦《すく》める。

「やれやれ、そんなことで泣くなマル、洗濯すれば落ちるマル～。ただし、洗剤は多めに入れて、すすぎは五回するマルよ」

「それじゃあ今夜のパーティーには間に合わないのですっ！　わあああん、せっかく豪華タダ飯ビュッフェにありつくチャンスだったのに！　ぴゃあああん！」

「の、ノアさん、泣かないでください……そうだ、今度、私の家でホームパーティーをしましょう！」

「ええっ、いいのですか!?」

「はい。その時は、ぜひそのドレスを着てきてくださいね」

佳織が優しくそう言うと、ノアは跳び上がった。

「わーい、やったのです！　佳織さんの豪邸にお邪魔できるなんて……大富豪になる秘訣《ひけつ》を学ぶチャンスなのです！」

「佳織、あんまりノアを甘やかしちゃダメマル、甘え癖がつくマル！　それにノアなんか来たら、佳織とボクの蜜月の邪魔マル～！」

「うるせーのです！　スミマルこそ、ノアと佳織さんのパーティーを邪魔するななのです！」

「ふふ。その時は、せっかくですので、ぜひ手料理を振る舞わせてくださいね」

「佳織の手料理マル!?　うっひょおおお、楽しみマル！　レッツパーリィーマル～～！」

「スミマルはイカ焼きでも食べてろなのです！」

平和な街に、賑やかな声が響く。

佳織は思わず微笑んだ。

「ふふっ」

「佳織さん？　どうかしたのですか？」

「あ、いえ……」

佳織ははっと我に返り、目を伏せる。

「……実は私、ノアさんやスミマルさんと出会うまで、普通の日常を、少し退屈に思ってしまっていたんです」

「そうだったのですか？　ちょっと意外なのです」

驚くノアに、笑って頷《うなず》く。

「はい。けれどお二人に出会って、そんな日常が一変しました、毎日がとっても刺激的で、どきどきはらはらして……けれどそれ以上に、困っている人を助けられる力があることが、嬉《うれ》しいんです」

佳織はノアとスミマルに向かって柔らかく笑いかけた。

「私を魔法少女に誘って下さって、本当にありがとうございます。至らない点ばかりですが、これからもよろしくお願いしますね」

「そ、そんな……！」

天使のごとき笑顔を前に、ノアが涙ぐむ。

「むしろ無理くり巻き込んでしまったのに……⁉　お礼を言うのはこちらの方なのです！　ね、スミマル！」

ノアが振り向くと、スミマルが消えかけていた。

「ジュワァァァァァ、グツグツグツ……！」

「スミマルさ――――ん⁉」

「オワ――――⁉　浄化を通り越して沸騰してるのです！　戻ってこいなのです――――！」

ノアがビターン！　と張り手をする。

消えかけていたスミマルが意識を取り戻した。

「ハッ⁉　うふふふ、ごめんマル。佳織が良い子すぎて尊くて、つい浄化されかけちゃったマル～、うふふふふ」

「き、消えなくて良かったです……！」

「っていうか浄化ってレベルじゃなかったのですが⁉」

「いやぁ、佳織の笑顔の破壊力は規格外マルな～。すっかり浄化グセがついちゃったマル、うふふふ」

スミマルはでれでれと目尻を下げて笑い——

ピピピピピピピピピピピピ！

高音が鳴り響くと共に、スミマルのエンペラが青く点滅を始める。

「な、なんですか、この音は⁉」

「まさかまたデビパチなのです⁉」

スミマルがはっと目を見開く。

「違うマル、この気配は——二人とも、伏せるマル！」

「え？」

次の瞬間。

キュイイイイイイイイイイイン——————ドゴオオオオオオオオオン！

手のひら大の光が猛烈な勢いで降ってきたかと思うと、近くにあった街灯に衝突した。

街灯が轟音《ごうおん》を立てながら倒れる。

「ぎゃあああ⁉　なんなのです⁉」

「ま、まさか隕石《いんせき》ですか⁉」

「違うマル！　これは──」

ひしゃげた街灯から青い光が浮き上がり、二人と一匹の目の前に浮遊した。

「ふう。この世界の建造物はヤワでちねぇ」

「えっ⁉　こ、声が……！」

可愛《かわい》らしい声が響くと同時、光が解ける。

そして現れたのは、スミマルによく似たイカであった。

ただし、頭に可愛らしいリボンをつけている。

「ようやく見つけたでちよ、ノア様、スミマル兄様！」

「ゆ、ゆ、ゆ……」

腕を組み、頰を膨らませたそのイカの姿を見て、ノアとスミマルが驚愕《きょうがく》の声を上げる。

「『ユリイカ⁉』」

「そうでち！」

「ゆ、ゆりいか、さん……？」

リボンをつけたイカは、どうやらひどく怒っているようであった。

「まったく、デビパチの回収ごときに、どれだけ時間が掛かってるでちか⁉　宮廷魔法技術護衛長官様がご立腹でち！　そもそも結界を破ったのだって、自分たちのミスでちよね？」

「ぼ、ボクは関係ないマル！　ノアが寝過ごして見回りをサボったから……！」

「ちちち違うのです！　あれはそもそもスミマルが起こしてくれないから……！」

「はあ、相変わらず罪のなすりつけあいでちか。これだから二人そろって、プリズムワンダーランド始まって以来の落ちこぼれなんて言われるでち」

「「しょぼーん……」」

「あ、あの、この方は……？」

佳織《かおり》がおそるおそる尋ねると、リボンの付いたイカはぱっと顔を輝かせた。

「まあ、あなたが佳織様でちね、お会いできて光栄でち！　申し遅れましたでち。わたちは汎用イカ型高機動支援守護妖精〇二号壱式、ユリイカでち。どうぞお見知りおきを、でち！」

「まあ、ご丁寧にありがとうございます。宝城《ほうじょう》佳織です、よろしくお願いします」

イカは目を輝かせると、佳織の周りをくるくると飛び回った。

「噂《うわさ》に違《たが》わぬ淑女っぷり！　佳織様は魔法少女史上最高のプリズムパワーをお持ちの、規格外の才女様とか！　プリズムワンダーランドは、佳織様の噂で持ちきりでち！」

「ええっ」

「ああ、なんて可憐《かれん》な女の子でちか！　髪はさらさら、お肌もすべすべ！　わたちの粘液を化粧水代わりにしたら、さらに綺麗《きれい》になること間違いないでちよ～、んふふふふ」

「あ、あの、この感じ、大変覚えがあるのですが、もしかして……」

佳織の問うような視線に、スミマルがげっそりしながら答えた。

「ユリイカは、ボクの妹マル」

「やっぱり！　スミマルさん、妹さんがいらっしゃったのですね……！」

驚く佳織に、ノアが頷く。

「見ての通り、スミマルなんか足元にも及ばないしっかり者なのです。ただ、可愛い女の子が大好きという変態さんであることは変わらないのです」

「うう、ボク、人間の女の子は好きだけど、ユリイカは苦手マルよ～」

スミマルは悶《もだ》えていたが、ふと首を傾《かし》げた。

「ところで、ユリイカは何をしに来たマルか？」

「端的に言うでち。今後、佳織様とノア様の守護は、わたちが担当するでち」

「「えっ？」」

「つまり――」

思わず聞き返す二人と一匹に、ユリイカは冷淡な声で言い放った。

「スミマル兄様。リストラでち」

「「「え――えええええええええええ⁉」」」

夜の街に、みっつの絶叫が響き渡る。

こうして、魔法少女パーフェクトピュアプリンセスの日常に、また新たな火種が投下されたのであった。

あとがき

こんにちは、琴平稜《ことひらりょう》です。

この度は本書をお手に取っていただきまして、誠にありがとうございます。

この作品は、美紅《みく》先生作『異世界《いせかい》でチート能力《スキル》を手《て》にした俺《おれ》は、現実世界《げんじつせかい》をも無双《むそう》する～レベルアップは人生《じんせい》を変《か》えた～』のスピンオフ第二弾となっております。


前作では『ガールズサイド　～華麗《かれい》なる乙女《おとめ》たちの冒険《ぼうけん》は世界《せかい》を変《か》えた～』として異世界のレクシアやルナたちのお話を書かせていただいたのですが、大変ありがたいことに新たなスピンオフのお声を掛けていただき、この『宝城《ほうじょう》佳織伝《かおりでん》　～常識知《じょうしきし》らずなお嬢様《じょうさま》は陰《かげ》で世界《せかい》を救《すく》っていた～』を執筆する運びとなりました。

というわけで今回は、なんと現実世界のヒロイン――佳織《かおり》が魔法少女になって大活躍するという内容で、一体どうなっちゃうの～!?　と私自身もどきどきはらはらしております。

優しくて可憐《かれん》で純粋で、ちょっぴり天然な佳織にスポットを当て、さらに極貧魔法少女ノアやイカ型妖精スミマルといったキャラクターも加わり、大変賑《にぎ》やかな内容となりました。

また、佳織と同じく本編で大人気のあの方やこの方も登場いたしますので、楽しんでいただけますと幸いです。

さっそくですが、謝辞に移らせていただきます。

原作者の美紅先生。いつもお忙しい中ご監修くださいまして、誠にありがとうございます。初めてWeb会議でお会いした際、緊張する私に掛けてくださった「楽しんで書いてください」というお言葉と柔らかな表情に、今も支えられております。

お世話になっております担当様。このような大変光栄な機会をいただきまして、誠にありがとうございます。いつも全力で頼りっぱなしで申し訳ございません。精進いたしますので、今後ともよろしくお願いいたします。

常に想像以上の素晴らしいイラストを描いてくださる桑島黎音《くわしまれいん》先生。佳織の魔法少女のコスチューム姿が最高に可愛《かわい》いのはもちろん、ノアやスミマルも大変愛らしく、脳内で一層いきいきと動き出しました。本当にありがとうございます。

編集部の皆さま、校正者様やデザイナー様、印刷会社様、書店様、この本に携わってくだｓった全ての方々。

そして何より、今このあとがきをお読みいただいている方へ。

本当にありがとうございます。

少しでも楽しんでいただけましたら、それに勝る喜びはございません。

琴平稜

お便りはこちらまで

〒一〇二-八一七七
ファンタジア文庫編集部気付
琴平稜（様）宛
美紅（様）宛
桑島黎音（様）宛

富士見ファンタジア文庫

異世界《いせかい》でチート能力《スキル》を手《て》にした俺《おれ》は、現実世界《げんじつせかい》をも無双《むそう》する　宝城佳織伝《ほうじょうかおりでん》

～常識知《じょうしきし》らずなお嬢様《じょうさま》は陰《かげ》で世界《せかい》を救《すく》っていた～

令和７年２月20日　初版発行

著者――琴平《ことひら》　稜《りょう》

原案・監修――美紅《みく》

発行者――山下直久

発　行――株式会社KADOKAWA
〒102-8177
東京都千代田区富士見2-13-3
0570-002-301（ナビダイヤル）

印刷所――株式会社暁印刷

製本所――本間製本株式会社

本書の無断複製（コピー、スキャン、デジタル化等）並びに無断複製物の譲渡および配信は、著作権法上での例外を除き禁じられています。また、本書を代行業者等の第三者に依頼して複製する行為は、たとえ個人や家庭内での利用であっても一切認められておりません。

※定価はカバーに表示してあります。
●お問い合わせ
https://www.kadokawa.co.jp/（「お問い合わせ」へお進みください）
※内容によっては、お答えできない場合があります。
※サポートは日本国内のみとさせていただきます。
※Japanese text only

ISBN978-4-04-075779-7 C0193　◇◇◇

©Ryo Kotohira, Miku, Rein Kuwashima 2025
Printed in Japan

切り拓け！キミだけの王道
ファンタジア大賞
原稿募集中！
賞金
《大賞》300万円
《金賞》50万円
《銀賞》30万円
選考委員
細音啓「キミと僕の最後の戦場、あるいは世界が始まる聖戦」
橘公司「デート・ア・ライブ」
羊太郎「ロクでなし魔術講師と禁忌教典《アカシックレコード》」
ファンタジア文庫編集長
前期締切 8月末日
後期締切 2月末日
公式サイトはこちら！ https://www.fantasiataisho.com/
イラスト／つなこ、猫鍋蒼、三嶋くろね